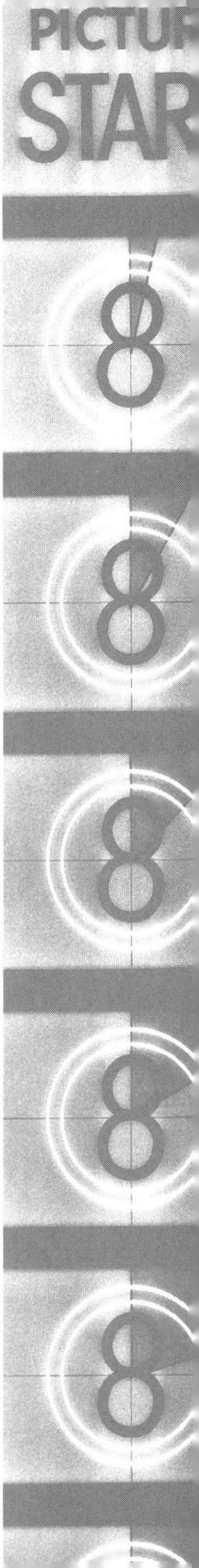

映画「高村光太郎」を提案します

福井次郎
fukui jiro

映像化のための謎解き評伝

言視舎

目次

はじめに

二〇一五年秋、リニューアルした東京国立近代美術館で、所蔵する全作品と特別出品による藤田嗣治展が開かれた。展覧会では、「パリで藤田が成功を収めた理由、なぜ日本に戻り、戦争画を制作したのか。戦後フランスに渡り、何を考えていたのか」をテーマに、時代別に藤田の作品が展示された。そして特筆すべきは、藤田の戦争画が多数展示公開されたことにある。有名な「アッツ島玉砕」は、実際目にしたはずもない激戦の有様を至近距離から詳細に描き、ドラクロワばりの構図で見る者を捉えたが、この絵が本当に戦争協力画であるかどうかは今もって謎である。

敗戦後、藤田は進駐軍の嘱託となり、アメリカに戦争画を引き渡すべく働くが、同じ頃、画家仲間から戦争協力の責任を代表して負ってほしいと説得されたという。そして昭和二十四年、六十四歳で日本を去り、昭和三十年にはフランス国籍を取得し、彼の地で死んだ。

同じく二〇一五年冬には、小栗康平監督による藤田嗣治の映画『ＦＯＵＪＩＴＡ』（主演オダギリジョー）が公開されて話題を呼んだ。この映画は、藤田の美的世界の背景を独特な映像美によって表現しているが、映画の中で、次のようなシーンが登場する。

日本からの留学生が、パリのカフェで、高村の「雨にうたるるカテドラル」を朗読する。すると藤田は、その詩に耳を傾けずに、横に座っていたパリの女に視線を送る。

このように、藤田の映画の中に高村光太郎の詩が登場するのには深い意味がある。というのも、藤田と高村は東京美術学校油絵科の同期だからだ。共にパリに留学し、戦中は戦争協力の作品を制作して戦争責任を問われた。

そうした共通項の上に立って、二人の違いを考察することは興味深い作業である。このさりげないワンシーンの中にも、二人の個性と生き方の違いが見事に暗示されていた。例えば藤田はパリで多大なる成功を収めるが、光太郎のほうは、パリでは何の成功も得られず逃げるように帰郷する。そして藤田は生身の女にパリを見たが、光太郎はパリの建築物や彫刻に魅了された。創作の姿勢でも、藤田は努力型だが、光太郎はどちらかと言えば天才肌と言える。戦争責任という視点でとらえれば、藤田が戦争責任を問われていた時、光太郎は岩手の山の中に蟄居中であった。

閑話休題、実は二〇一六年は高村光太郎没後六十年となっている。おそらく各地で光太郎を顕彰する動きがあるだろう。私は、せっかく藤田嗣治の映画が作られたのだから、できれば高村光太郎にもスポットを当ててもらいたいと願っている。**誰か光太郎の映画を作ってくれないだろうか**。きっと面白い映画ができるはずだ。なぜなら藤田同様、高村光太郎は、多様な問題を提起する芸術家だからである。

もっとも近頃では光太郎の詩が教科書に載る頻度も減り、高村光太郎を知らない若者も増えてきている。花巻を訪れると、「宮沢賢治記念館」は人で溢れているが、「高村山荘」の人影はまばらだ。訪問客のほとんどは中高年で、若い人は家族連れ以外ではあまり見かけない。

二本松には「智恵子記念館」があるが、二〇一五年の秋に私が訪れた時に聞いた話では、震災以降観光客は激減で、ピーク時の四分の一に減っているそうだ。おりしもその時、一部の道路では、まだ除染作業が行なわれていた。

実は「乙女の像」が立つ十和田湖も状況は同じで、近年観光客が激減し、倒産したホテルの残骸が関係者を悩ませている。

考えてみると、既に高村光太郎は過去の人と見なされているのかもしれない。多くの先達によって研究が積み上げられ、今更発見すべきことは何もないと認識された芸術家の一人なのかもしれない。かく言う私も、数年前まではそう思っていた。

そんな私が、あえてこのような本を書こうと思い立った理由の一つは、私の内部に芽生えた光太郎に対する疑問が、自分でもどうしようもならないほど肥大化し、何かしらの解答を得ないではいられなくなったからである。なんとしても彼の真実が知りたくなったのだ。

それに加え、時間の経過に伴う光太郎と智恵子の忘却と、同時に展開される偶像化の動きも危惧される点だ。光太郎に限らず、作家没後何年といったイヴェントがあるたびにそうした動きが盛り上がるが、やがて作られた偶像が独り歩きし、どんどん実像から離れていく、といった現象が起こる。光太郎の場合は、その逆の動きも激しく、その評価が毀誉褒貶のまま現在に至っている。

没後六十年を機会に、**ここでありのままの光太郎を再確認し、併せて『智恵子抄』の再評価を試みる時期がやってきた**と思われる。その際のキーワードが、「現実に存在した光太郎」なのである。事実は小説より奇なりではないが、「偶像化された光太郎」よりも、かつて「現実に存在した光太郎」のほうが、より劇的で魅力的な存在である。私はそう信じて疑わない。

本書は詩論や文芸評論の類いの本ではないことを断っておく。また光太郎の彫刻や油絵、書について論じた本でもない。**本書の関心はあくまで人間「高村光太郎」にある。人間「高村光太郎」の映画化を提案することによって、彼の実像を明らかにすることを目的としている。**

ところで、一般に文学者の人間像に迫る場合、作品に即してその人となりを考えるというのが王道だ。小栗康平の『ＦＯＵＪＩＴＡ』も、彼の作品の生成に視点を置いて映画が作られていた（逆に藤田の人間ドラマは素通りしたようだが）。

光太郎の場合も全集が出ており、書いたものをすべて読むことができる。だからその時々の作品を引用しながら彼の内面や思想の跡を辿るというのが普通の行き方であろう。ただ光太郎の場合、作品に描かれたことと実人生にある種の乖離が見られるのも事実だ。だから彼が書いたものを額面通り受け取ると、とんでもない勘違いを犯すことになりかねない。

そこで今回は映画化のために、**光太郎が取った実際の行動から彼の人間像にアプローチするという方法**を取っている。「行動分析」の手法とでも言っておくが、そのため、光太郎が書いたものより周囲の証言に重点を置いている。

さらに人間光太郎に迫るといっても、光太郎の人生は七十年にも及び、様々な変遷を遂げている。もとより筆者には編年体の伝記を書く資格はない。そうした伝記は既にたくさん出ている。従って、本書は書き手が特に関心を抱いた四つの事柄について、**謎解きの手法で光太郎を論じている。**

第一は**光太郎のパーソナリティ**、第二は**光太郎と智恵子の関係**、第三は**転向の問題**、第四は**乙女の像の謎**だ。

これらのことを明らかにすることは映画化には不可欠だ。そのうえで、藤田嗣治同様、高村光太郎の映画を作ることを提案している。そしてシナリオを作成する際に留意すべきポイントを筆者なりに示している。

映画化という視点で考えれば、藤田嗣治よりも面白い映画ができると信じて疑わない。なぜなら光太郎の映画には智恵子が登場するからだ。

すでに智恵子を主人公とした『智恵子抄』の映画化作品は二つある。

光太郎の死後すぐ作られた一九五七年版『智恵子抄』と、その十年後（一九六七年）に作られた『智恵子抄』である。前者は熊谷久虎監督による松竹作品で、光太郎を山村聡、智恵子を原節子が演じ、後者もやはり松竹作品で、中村登が監督し、光太郎を丹波哲郎、智恵子を岩下志摩が演じた。他に、一九五六年、一九七〇年、一九九四年、二〇一五年にテレビドラマが作られ、一九六二年にラジオドラマが作られている。

これらの作品はＤＶＤ化されておらず、残念ながら現在観ることはできない。ただ、作品について書かれたものを読むと、いずれも観客動員や視聴率確保のために作られた文芸悲恋ロマンの域を出ていない作品という気がする。智恵子の内面に肉薄する映画とは言えず、「現実の智恵子」という視点では描かれていないと思われる。

この他、舞台劇として、清水邦夫作・演出の『哄笑・智恵子、ゼームス坂病院にて』、野田秀樹台本『売り言葉』などがあり、他にも『智恵子抄』をテーマにしたたくさんの音楽作品（歌曲、オペラ、能楽）が作られている。こちらのほうは、それぞれの作者の内面世界を『智恵子抄』に仮託して表出した作品群であると言って差し支えない。つまりいずれも、「現実に存在した智恵子」という視点を欠いているのである。それに『智恵子抄』という詩集はたくさん翻案されているものの、高村光太郎個人に焦点を当てた作品は作られていない。私はぜひとも誰かにそれを実現してほしいと願っている。

しかしそれは容易なことではない。なぜなら高村光太郎という人は一筋縄ではいかない人間だからだ。「光太郎とは何者か」という問いに答えることは極めて難しい。光太郎を演ずる役者はそのことを頭に入れて演技する必要がある。決して単色のキャラクターを頭に描いて演じてはならない。

光太郎という人は、単純な人間ではないのだ。映像化することを意識しながら彼の生涯を追っていると、迷宮ともいうべき入り組んだ人間像がみえてくる。まずはそこから話を始めなければならないだろう。

第1章 高村光太郎という迷宮

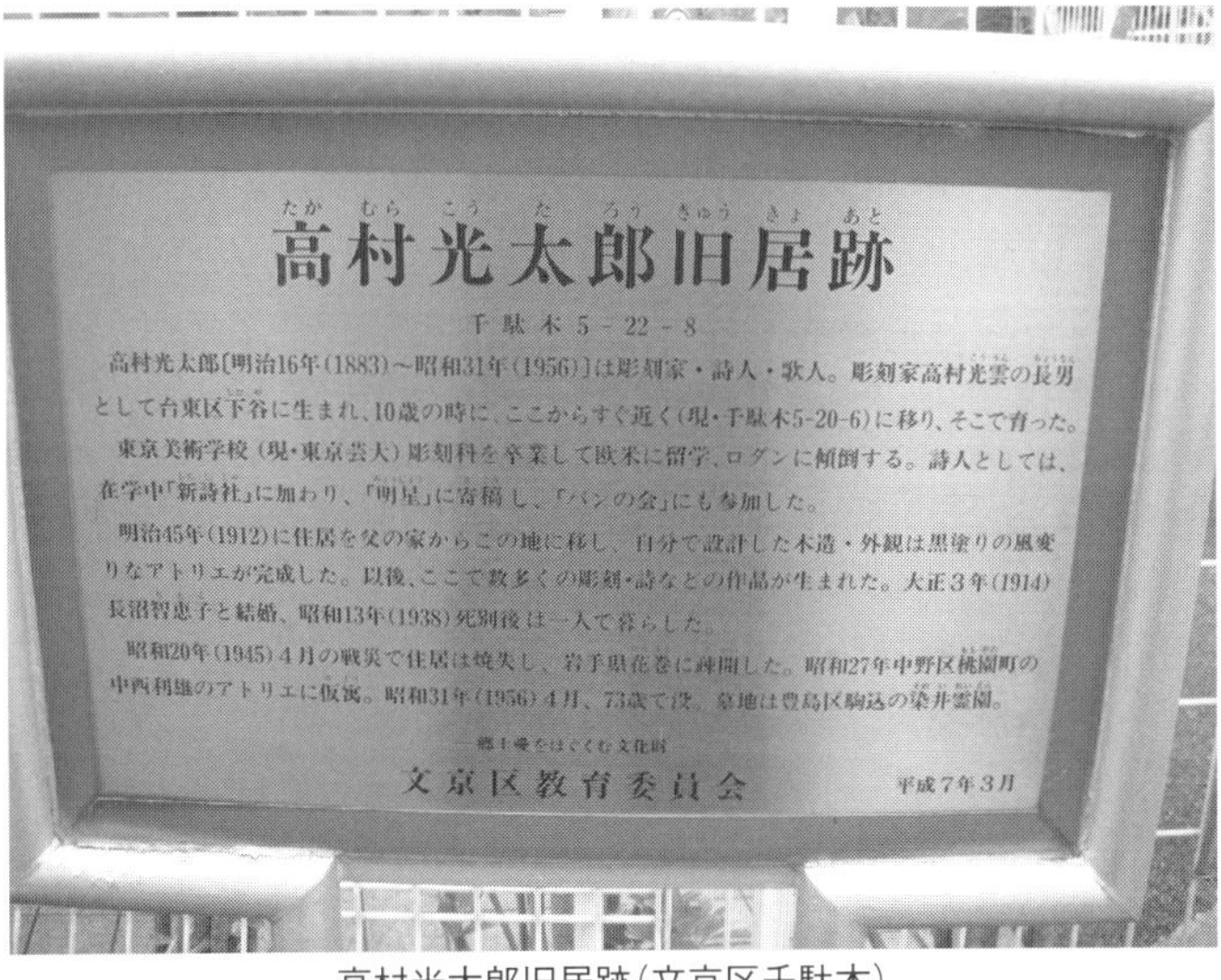

高村光太郎旧居跡（文京区千駄木）

（1）そのとらえどころのない人物像

①簡略なるクロニクル

　高村光太郎については、光太郎研究家の北川太一の尽力で詳しい年代記が作成され、その生涯についてはかなりわかっている。

　このように、光太郎の生涯を詳しく辿ることができるのは、光太郎自身が自分のことを作品に書き残しているうえ、たくさんの日記や手紙が残されているからだ。事実光太郎の文学というのは、ほぼ独白文学（智恵子のことを含めて）という印象をぬぐえない。これほどあからさまに自分のことを語り通した作家は稀で、一言で要約すれば「自我表出文学」ということになるだろう。その意味で、**彼の文学は詩による私小説**と言っても過言ではない。

　ところで、作家による自己表現にはえてして仮構や嘘がある。例えば太宰治などは自分で人生のシナリオを書き、そのシナリオに実人生を合わせようとしたところがある。また寺山修司は、作品の中で自己をフィクション化し、読者を煙に巻いた。

　これに対し、光太郎は自分の人生を直截かつ素直に吐露し続けたとされている。それが光太郎の文学の資質であり、一見その言葉に仮構やフィクションは感じられない。これについては光太郎自身が次のように述べている。

「自分の芸術を虚偽である、と言われれば、虚偽でない、と心の底から言い張れる」（「所感」）

心の底からという表現を見ても、少なくとも彼自身はすべてを正直吐露しているつもりでいるのだ。ただここで一つ問題がある。書いていることに嘘はなくても、それは光太郎自身の目で見た真実であるということだ。例えば智恵子と自分の純愛を語る時、それは光太郎から見た智恵子との関係であって、智恵子自身はどのように感じていたかはわからない。実際筆者の印象では、修羅場の中で智恵子が何を苦しんでいたかを光太郎が理解していたようには思えない。

加えて光太郎が書かなかったことがたくさんある。これについては光太郎自身が藤島宇大に対し、「いやな面はかくしたんです。（中略）だから『智恵子抄』は不完全なものですよ」（「高村さんの一断面」草野心平編『高村光太郎と智恵子』所収）と述べている。その意味では『智恵子抄』はあくまで抽象化された思い込みの愛の詩集ということになる。それはあくまで美しくなければならず、自然主義的観点では描かれてはいない。その点露悪趣味とも言える太宰のほうが、本音をさらけ出しているという点でまだ正直なのかもしれない。

何が書かれ、何が書かれなかったか、それを見極めることが求められる作業となるが、まずは読者の理解を助けるために、足早に高村光太郎の足跡を辿りたい。以下に記すのが**簡単な略歴**だ。

高村光太郎は、明治十六年に東京下谷西町に木彫り職人高村光雲の長男として生まれ、父と同じ彫刻家を目指して明治三十五年に東京美術学校（現・東京芸術大学）彫刻科に入学した。

しかし文学にも関心が深く、大学在学中、与謝野鉄幹の「新詩社」の同人となり『明星』に寄稿する。その後ニューヨーク、ロンドン、パリに留学してから帰国し、明治四十五年に駒込林町（現千駄木）にアトリエを建てて美術創作活動を始めた。

大正三年に詩集『道程』を出版、同年、画家を志していた長沼智恵子と結婚する。昭和四年に智恵子の実家が破産し、この頃から智恵子の精神状態が悪化する。翌年自殺を図り未遂に終わり、昭和九年には精神病院に入院して昭和十三年に死別した。そして昭和十六年に詩集『智恵子抄』が出版され、その後光太郎は戦意高揚のための戦争協力詩を発表した。

昭和二十年の四月には空襲で家を焼失。同年五月、岩手県花巻町（現在の花巻市）の宮沢清六方に疎開した。しかし同年八月には宮沢家も空襲で被災し、転居を繰り返した後、十月に花巻郊外の稗貫郡太田村山口（現在は花巻市）に小屋を建てて移り住み、ここで七年間暮らした。「乙女の像」の制作を依頼された時は、この庵で暮らしていた。東京に移って「乙女の像」制作後、昭和三十一年に肺結核で死亡した（七十四歳）。


以上が極めて簡単な光太郎の生涯であるが、光太郎の生涯を俯瞰して気づくことは、まるで芝居の幕分けのように、人生段階がはっきりと色分けされていることである。

もちろん人の人生は、誰でも修業期、円熟期、衰退期といった段階があるものである。多くの場合、その段階は階段のように連続しており、徐々に変化してゆく。ところが光太郎の場合、いきなり変わるという特徴を持っている。その変化はあまりに急で、尋常ではない。幕が降りて、また幕が上がると、まったく別の衣装を身に着けた光太郎がそこにいる。そこに光太郎の謎が秘められている。試みに、彼の生涯を十幕に分けると、次のように区分することができる。

1　幼少期（一八八三〜一八九〇、0〜8歳）

これは、光太郎が現在の台東区の長屋に木彫り職人の長男として生まれ育った時代である。三つ子の魂ではないが、この幼少期は光太郎のエートスを形成する上で重要な意味を持っている。そして注目すべきは、この時期の高村家の生活は苦しかったと推察されることだ。木彫り職人の主な注文は仏像であるが、時は廃仏毀釈の後であり、仏像の注文はなかなか入らなかった。そこで父光雲は、横浜の貿易商を相手にお土産用の「ちゃぼ」を彫って生計を営んでいた。今で言えば、こけし職人一家といったところか。つまり光太郎は、いわゆる下町の庶民の子どもとして出発したのである。

2　少年期から青年前期（一八九一〜一九〇五、9〜23歳）

この時期は、父光雲が東京美術学校（現東京芸術大学）に奉職して、作品が皇室御用達になるなど、庶民から一挙に名士に格上げとなった時代だ。家は下谷区谷中町に移る。光太郎はこうした環境の激変の中で、自らも名門の跡継ぎとしての修練を始めた。十歳から彫刻を習い始め、十五歳で東京美術学校予科に入学、二十歳で卒業、その後も研究科に進んで技を磨く。光太郎がロダンを知ったのはこの時である。また「五代目菊五郎胸像」、「薄命児」、「うつぶせの裸婦」といった初期の傑作も作られ、併せて油絵の勉強もし、詩を書き始める。与謝野鉄幹の「新詩社」に加盟、ここで生涯の友となる水野葉舟と知り合う。赤城山の登山や武道の修練、文士劇の上演や古典芸能の吸収、そして寸暇を惜しむ勉学と、この時期は、光太郎の創作の土台を形成した時期であった。

3　洋行期（一九〇六～一九〇九、24歳～27歳）

三年という短い期間ではあったが、ニューヨーク、ロンドン、パリという別世界に留学した時代である。漱石、鷗外、永井荷風と、明治期の文人の多くが留学体験に多くのことを負っていることから、光太郎についてもこの時代が重要な転機となったことは疑いない。敢えて言えば、洋行は光太郎に雷に打たれたような衝撃を与えた。それまで築き上げたものが一瞬にして崩壊する震撼体験である。光太郎の研究者の多くがこの時期のことを論じており、光太郎を理解するための深い指摘がなされている。

4　反抗・デカタン期（一九一〇、28歳前後）

パリから帰ってきて父に反抗し、その後放蕩息子となって、北原白秋らが名を連ねる「パンの会」と合流して飲み歩き、吉原通いをするのがこの時期だ。正確には一九〇九年後半から一九一一年前半に至る二年間。

光太郎が遅咲きの反抗期に入ったきっかけは、帰国早々、旧態然とした高村一門の名跡を継ぐことを強要されたからだった。欧米の自由な空気を浴びて帰国した光太郎にしてみれば、もはやその中に自分を押しとどめることはできず、その結果、はしかのような反抗期を演ずるが、これは詩人光太郎が誕生してゆく必然の過程であったと言える。

5　模索期（一九一一〜一九一三、29歳〜31歳）

画廊「琅玕堂」の失敗で危機に陥った光太郎が、北海道月寒《つきさっぷ》に渡って酪農を始めようとして挫折、落ち込んでいるところで智恵子に出会うのがこの時期だ。この間、武者小路実篤の『白樺』に寄稿、その人道主義に触れてその影響下に身を置いた。「冬が来た」「牛」「道程」など、いわゆる教科書に載っている光太郎の詩は、この時期のものが多く、その意味では我々の知るもっとも光太郎的な詩が書かれた時期である。

6　浄化期（一九一四〜一九二七、32歳〜45歳）

智恵子と結婚して精神が浄化され、夫婦で創作活動に打ち込んだ時期である。充実していると言えば確かにそうだが、同時に生活苦に直面した時代でもあった。従来この時期は、光太郎が智恵子と結ばれ幸福の絶頂にあった時期とされている。しかし実はこの時期に、智恵子が狂気に向かうエネルギーを蓄積させていったとも言える。これについては後で詳細に見てゆこう。

7　喪失期（一九二八〜一九三八、46歳〜56歳）

智恵子の実家が破産して智恵子の精神が病み、ついには自殺未遂、発狂という過程を辿る地獄の時期だ。さすがにこの時期は詩作も少なく、生活も貧窮を重ね、光太郎も塗炭の苦しみを味わう。

8　戦争協力期（一九三八～一九四五、57歳～63歳）

智恵子が死んだ後に茫然自失の体で暮らした後に、岸田国士のすすめで中央協力会議議員となり、国策に協力する時代である。その後戦争の進展に伴って光太郎の詩は大政翼賛会のキャッチコピーのようになってゆく。この時期の詩については、多くの光太郎詩集でも触れずに終わることが多く、一般の人にはブラックボックス化している時代だ。しかしこの時期を黙殺して光太郎を語ることは真摯な態度ではない。本書ではこの時期のことについても当然触れる。

9　隠遁期（一九四六～一九五二、64歳～70歳）

これは花巻山荘の蟄居生活から「乙女の像」制作のために上京するまでの期間である。一般にこの時期は、光太郎が戦争協力を深く恥じ、贖罪のために山村に身を隠したと思われている。しかし実際は山の中に籠もり孤高の人として暮らしていたわけではない。これについても本書でその内実を明らかにしてゆく。

10　鎮魂期（一九五三～一九五六、71歳～74歳）

乙女の像の制作から死に至る期間だが、この時期は光太郎が死を意識し、智恵子と自分の物語をこの世に残すために最後のレジェンドを作り上げる時期である。そしてそれは見事成就されて終わる。

このように、光太郎は何度も変化を遂げている。もちろん誰でも、長い人生の間にさまざまな経験を積み、変化してゆく。しかしその変化は、既述したように年齢上の変化であることが常だ。そこにはパターン化された流れがある。ところが光太郎の場合、その変化が突如訪れ、それが正反対であるため、しばしば我々を困惑させることになる。しかも光太郎のこうした変化を、果たして転向という視点で議論して良いものかどうかおおいに疑問だ。一般に転向というのは思想の変節に対して形容する言葉だからだ。

我々は、ある人間（特に芸術家）を推し量る時、その人間の思想に着目する。その人物はどのような思想的背景を持っているのか、そうした尺度でその人物の内面に迫ろうとする。思想というのはいったんそれが定まると、人間の生き様を規定するものだからだ。そして思想というのは、その人間の学習、出会い、人生経験、時代の影響を受けて形成される。その意味で、ある人物を知ろうとすれば、どんな本を読み、どんな人に出会い、どんな人生経験を持ち、どんな時代を生きたか知ることが必要となる。それを知ることで、その人の思想を知ることができるからだ。そしてその揺るぎない思想が、何らかの事情で逆転することを転向と呼ぶ。

ところが光太郎の生涯を見ると、彼に決定的な影響を与えた思想家を探し出すことは難しい。確かにロダン、ヴェルハーレン、ロマン・ローラン、ミケランジェロといった光太郎が深い影響を受けた人物は何人かいる。ただこれらの人たちが光太郎に与えた影響というのは芸術創作に対する姿勢であって、光太郎の生き様に深い影響を与えたというわけではない。光太郎は聖書や仏教、神道にも深く傾倒しているが、それを指針に生きた形跡は認められない。光太郎はいつも自分特有の思いに従って瞬間の人生を生きていたふしがある。

ある意味で、彼は時代からも浮き上がっていた。戦中期を除いて、社会的事件に眼を向けた痕跡はない。例えば大逆事件、関東大震災、満州事変などが彼の人生や作品に影響を及ぼした様子は窺えない。ただ戦争が始まった後は、異常とも思えるほど戦争の色に染まるが、これについては別な視点での解釈が必要だろう。

光太郎は極めて情緒的な意味において、ある時は唯物主義者であり、ある時は宗教家であり、ある時はエピキュリアンであり、ある時は禁欲主義者であり、ある時は社会主義者であり、ある時は天皇崇拝者だった。

したがって、思想という観点で光太郎をとらえようとすると、我々は困惑することになる。彼の思想には一貫したものがなく、言葉と行動も矛盾しているからだ。そもそも彼は詩人であり、感性直感型の人間で理論派ではなかった。その意味でも、思想という言葉は光太郎になじまないような気がする。

＊映画化のポイント1

そこで映画化を考える場合、光太郎の思想を描こうとする企ては破綻すると思われる。描かねばならないのは、光太郎という人間であり、彼が遭遇したドラマなのである。

その際この十の時期すべてを一つの映画に入れようとすると収拾がつかなくなるおそれがある。できれば三部構成にするのが望ましい。

第一部　誕生から模索期まで

第二部　智恵子との出会いから死まで

第三部　智恵子の死から光太郎の死まで、である。

なおそれぞれのプロットの概要については後述する。

一度に三部構成の映画を作ることは難しいだろう。その場合、やはり第二部を優先して制作するということになるのだろうか。何といっても我々を惹きつけるのは智恵子と光太郎の愛の物語だからである。

②そのカメレオン的性格

今見たように、光太郎は生涯に何度も変態を繰り返している。いきなりの変化を遂げるという点でまさに変態というに相応しい。そして日常においても彼はさまざまな相貌を見せる。実際生前光太郎と会った人の証言は数多く残っているが、証言する人によって彼のイメージが様変わりする。そのためなかなか実像を把握することが難しい。藤島宇大も、「高村さんに接していつも感じることはそういう性格の極端な二面性だった」(「高村さんの一断面」草野心平編『高村光太郎と智恵子』所収)と述べている。

芥川の「羅生門」ではないが、証言というのは立場によってまったく変わってくるものだ。好意を持つ者と敵意を持つ者ではまったく反対の見方になるだろうし、証言する者の利害によっても変わってくる。しかし多くは、証言者が部分を見て全体を語るためにそうした混乱が起こるのである。これについては、象について語る盲人の喩えを思い出せばよい。耳に触るか、鼻に触るか、それとも尻尾や体に触るかで、象という生き物がまったく違って見えてくる。特に光太郎は、相手によって接し方を変えているふしがあり(考えてみれば、それは当たり前のことなのだが)、一次証言者の多くは自分の目に映った光太郎を見て、その人となりを語るため、ますますわからなくなる。
とりあえず、高村光太郎を愛する多くの人が魅せられるのは、直情径行とも言える真っ直ぐな性格である。特に彼の詩から受ける印象は、腹芸や裏のない人に見える。光太郎はいつも思うがままに行動し、損得で動くことはなかった、と思われている。高村光太郎に冠せられる「巨星」「孤高の人」としての見方も、基本的にその延長線上に依拠している。たとえば茨木のり子は光太郎を次のように評している。

「男性的で古武士のような人柄」（『智恵子と生きた』童話屋）

また晩年の光太郎と親しく交際した美術史家の奥平秀雄は次のように書いている。

「私が接してきた高村光太郎という人は、毅然としたたたずまいの、一種巨人的風格をもった人であった。しかしそれと同時に、その奥底に孤独の影をふかく蔵した、孤独の結晶とでもいうような印象を私はあたえられた。いかにもその詩にかかれているような、『孤独の痛さに堪へ切った』ひとという印象が鮮烈であった。いわば光太郎いうひとは、奥ふかい孤独感と、毅然とした風格とが渾然ととけあった人柄に見えた」（『晩年の高村光太郎』二玄社）

また、大正十一年から死ぬまでの三十五年間、光太郎と友誼の重ねた草野心平は、光太郎を次のように持ち上げている。

「光太郎は巨人という言葉が実にピッタリの人であった。ちゃちでない、しみったれでない、自己本位でない、神経質でない、そしてよく神経がとおって、こせつかずにおおどかで、一瞬で鋭く見抜く眼を持っていながら露骨ではなく、独り孤高の座にいながら孤独がらず、進んではみずからを語らず、己は金銭にパンクチャルでありながら他の放漫を責めず、最高とむしろ最低の道をえらび、茫洋として未来を望み、己には頑固で他には適度にゆるやかで、緻密でありながら無際限だった。

巨人と言われるにふさわしい人物は世の中に相当いるにはちがいないが、私がじかに接し得た巨人は高村光太郎ひとりだった」(『わが光太郎』講談社)

私自身、数年前までは光太郎をそのような人物であると信じていた。しかし今はこれらの意見を鵜呑みにできない。私は今も光太郎を巨人として崇拝するが、決して**聖者のような人物だったとは思っていない**。実際の彼の人生はそれほど褒められたものではなかった。特に光太郎の実弟である高村豊周にとっては、どうにもならないダメ兄で、笑えるような甘さで満たされていた。高村豊周や甥の高村規、その他の証言からは、光太郎の情けない一面が見えてくる。例えばこんな具合だ。

・洋行を予定より早く切り上げるが、それを決断するのは「瞼の母」からの手紙で、帰国の実態は外国生活の辛さからの逃亡という一面があった。
・帰国後、親を批判しながら親の金で放蕩三昧の生活を送っている。
・三男（道利）と一緒に始めた画廊の商売は一年で閉め、酪農をやると北海道に渡るが、これも数週間で逃げ帰ってくる。
・父に反抗して家を飛び出しながらも、親に家を建ててもらい、父の仕事の下請けで食いつなぐ。
・智恵子との貧乏生活が始まり、智恵子が質屋通いを始めても、金を稼ごうとはせず、智恵子発病後の入院費は父の遺産で賄った。
・甥の高村規の証言によると、智恵子の死後も、規はほぼ毎日のように光太郎のもとに総菜を届け、親族が生活の面倒を見た。
・生涯高村家の世話になりながら、自分のことは棚に上げ、生涯働かずに過ごした三男を激しく責めた。
・戦中は、大政翼賛会御用達の仕事で食いつなぐ。
・戦後、山居生活でも村人の援助で食いつなぎ、決して自力で生きていたわけではない。
・光太郎が孤独に耐え抜いたことは、実は一度もない。エトセトラ……。

立派なことを言いながら、実際の行動は矛盾に満ちていたのが光太郎である。しかし本人はそのことに気づいていない。あるいは気づかぬ振りをしていたのかもしれない。実際高村光太郎研究におけるパトグラフィ（精神病理学的人物探求）的アプローチによれば、光太郎はもともと自己分裂が甚だしい人であったようだ。ここで、そうした**光太郎の二面性**を思いつくままに挙げてゆく。例えばこんな具合だ。

貧困願望と贅沢趣味

幼少期が貧しく、少年期に成金の御曹司となった体験は光太郎の性格に絶妙な二重性を帯びさせる。宵越しの金は持たないというのは江戸っ子の特性だが、光太郎も浪費癖があり、金はいつもなかった。洋行時には高価な本を買ったために数日食べずに暮らし、デカタン期も金は使い切ることを常とした。智恵子と暮らしている時もそうだし、花巻でもそうだった。金を稼いで貯めるという観念はなく、基本的に貧乏を楽しむ癖があった。しかしながら本当の貧乏に耐えられるかというとそうでもない。本当の貧乏は経験したことはなく、いつも誰かの援助で生きていた。これについて弟の豊周は次のように証言している。

「兄の家の生活は僕達よりも贅沢だった。（中略）だから兄のいう貧乏生活はあまりあてにならない。世間一般とは物差しが違う」（『光太郎回想』有信堂）

潔癖性と無頓着

いわゆる潔癖症といって手を何度も洗う人がいるが、光太郎もそうだったらしい。これは幼少期に細菌性の病気を患ったことが影響していると思われる。

だから人が口をつけたものは決して飲食せず、硬貨を消毒するという性癖もあった。ところが部屋の中は埃にまみれ、吐いた血がコップに入れられ放置されていることもあった。また女については奥手だったが、それは病気に対する恐怖感にとらわれていたためと分析する人がいる。女を知ったのはパリだったが、そこでは強烈な離人体験に陥る。何があったかわからないが、その時相手の女性がサイボーグのように見えたようだ。だから藤田と違ってパリでは恋人ができなかった。そうなった理由の一つに、性病罹患に対する恐怖にとらわれていたとする説がある。ところが日本に帰ってきてからは吉原通いに精を出した。

こうした潔癖性と無頓着の混在は、共同で生活する者を困惑させることになるだろう。何も気にしていないような鷹揚さの陰に、神経質な一面が潜んでいるからだ。

緻密さと無計画さ

潔癖性と無頓着に似ているが、光太郎は日記をつけ、細かなことまでメモするマメな人だった。日記は読まれることを意識してか、事実だけを淡々と書き記すパターンである。またたくさんの手紙を残しているが、その返事も丁寧で、几帳面でなければ書けない文面ばかりである。誤字脱字についても徹底して調べる緻密さがあった。もちろん詩は何度も推敲を重ねている。詩人だけあって言葉に対しては厳密だった。もともと木彫りや彫刻は細心の注意を払わなければ成り立たない芸術だからそれも宜《むべ》なるかなである。

ところが何か大きな行動に出る時は、後先考えず無計画に突き進むことが多く、周囲を呆れさせた。事業の失敗はその端的な事例だが、日常においても、例えば飲んだ際の失敗武勇伝はかなり残され、失言癖もあった。また思いついたことをそのまま書いて活字にしてしまう癖もあった。

公表した後のことまでは考えが及ばないのだ。というよりも、内から溢れ出る言葉を覆い隠すことができない性格なのだろう。これが光太郎を何度か窮地に立たせることになった。

粋と野暮

光太郎は美食家で不味いものは口にせず、しかもオシャレだった。光太郎がオシャレであった証言は数多いが、ここでは草野心平が、佐藤春夫と光太郎を比較して書いた次の一文を載せておく。

「若き日の佐藤氏のボヘミアンネクタイ、高村さんのツツッポの久留米絣とを比べるとここでもやはり対蹠的なものをみることができる。（中略）両者は実は並々ならぬスタイリストで、ほんとうの美に対する貪欲さで共通する」（『小説智恵子抄』所収、角川文庫）。

草野心平はこの他にも光太郎の粋な姿を数多く証言している。たとえば自分たちがカストリを飲んでいる時、光太郎の家ではジョニーウォーカーの黒が出てきたそうだ。ところが台所の木箱の中を見ると、ジャガイモが二、三個しか入っていないというのである。

この話は、「武士は食わねど高楊枝」を地で行く光太郎の面影を彷彿とさせるが、実際光太郎が岩手から戻った際には、粗末な国民服と長靴で現れ、その姿で銀座を歩くなど、場違いな行動を平気で取っている。

この粋と野暮の混在は、特に金銭感覚で問題となる。先に述べたように、これが光太郎の貧乏を助長する一つの原因となるからだ。そもそもサラリーマン生活を一度も経験せずに生き通したのだから仕方がないともいえるが、このことは智恵子との結婚生活に深刻な影響を及ぼしたと思われる。

器用と不器用

彫刻家であることから光太郎が手先の器用な人であることは誰しも察しがつく。これは生活においてもそうで、自炊もできるし、大工仕事もできた。独り暮らしに困ったことは一度もない。この光太郎の器用さは、智恵子にとっては逆にプレッシャーとなったかもしれない。主婦としての自分の存在価値がなくなるからである。そのくせ対人関係においては、特に若い頃の話だが、猪突猛進型で不器用な男という評価を受けていた。もっとも猪突猛進というのは若い頃の話で、年をとってからは超俗君子のように振る舞うことも多かった。だからますます得体の知れない存在となる。

倫理性と放蕩性

一般に光太郎は倫理の人と呼ばれている。特に彼の詩には決意の詩や求道的な詩が多いため、そのように思われるのである。しかし佐藤春夫は、光太郎の詩はロマンティシズムに溢れていると言っている。また弟豊周によれば、ユーモアセンスも絶妙だったようで、デカタン期の吉原通いに見られるように、真面目だけが取り柄の男ではなかった。智恵子と結婚した後でも、飲めばそこから先はわからなくなるということが度々あった。だいいち光太郎は多趣味である。彫刻、絵画、書、東西の古典に精通していることはもちろんだが、他にも落語、歌舞伎、映画と、その関心は多岐にわたっている。いわゆる趣味人であったことは間違いない。

天才性と非持続性

十代で光太郎は彫刻の天才と謳われたが、生涯に残した作品はわずかしかない。依頼された彫刻作品は、何度も作っては壊すことを繰り返し、結局未完成となることが多かった。留学は途中で切り上げ、商売は一年で廃業し、酪農は数週間で断念、塑像、木彫り、油絵、翻訳、詩作、短歌、書と、何にでも手を染め、どの世界もパイオニアとなったが、一つのことを継続して極めることもなかった。ある意味で才能に溺れていたのかもしれない。また光太郎は十代後半で、古今東西の文献を読み漁る神童であったが、思想的には脆弱で、生涯感性の人であったといえる。

孤独癖と社交性

光太郎は孤独を愛する人ということになっている。確かに師匠を持たず、独りで行動することが多かったのは間違いない。パリ留学中も友達は少なく、いつも一人で行動していたようだ。有島生男はパリ時代の光太郎を次のように評している。

「高村君はどうも神秘的な人で、我々カンパーニュ街の仲間は、『高村の神懸かり』とあだ名をつけた。（中略）毎日どこをどう歩きまはってゐるのか、さっぱり分からなかった」（「パリ時代の高村君」『文芸』所収、一九五六年六月号）

実際光太郎が書いた「巴里から出さなかった手紙」の中には次のような一文が見られる。「独りだ。独りだ。僕は何のために巴里にいるのだろう」

日本に帰ってきてからも、例えばデカタン時代に顔を出していた「パンの会」でも一人のことが多かった。木下杢太郎が描いた「パンの会」の画では、光太郎は一人で座ってだんまりを決め込んでいる。孤高の人としての評価は定まっており、彫刻家の高田博厚も次のように評している。

「高村さんは常に独りの人だった。この自由を守るためには何者とも妥協しなかった。ここで私は『孤独』についての日本的な感傷を訂正したい。真の孤独とは、世に認められなかったり、世をはかなんでの、反抗的な自己慰安の態度ではない。全く自分一人のみが、純粋に一人にあるときのみに、不断に取り組み合える対象に常に誠実であり熱情を持ち続けることである。その魂の強靭さが孤独を意味する」（高田博厚「高村光太郎」『人間の風景』所収、朝日新聞社）

権威に阿《おもね》ることや世俗の社交を拒否し、一人創造に打ち込むという点では確かに光太郎は孤独を愛していた。しかし生涯を通じて、光太郎が人付き合いを絶ったという事実はない。光太郎は「新詩社」、「パンの会」、「白樺派」、「ヒューザンの会」、「生活の社」、「歴程」と常に誰かと交流し、友達もたくさんいた。特に自分より若い人や立場の弱い人には優しく、光太郎を慕う弟子も多かった。

岩手に蟄居していた時でさえ、しょっちゅう人が訪れ、いつも手紙の遣り取りをしている。ただその接し方は、どちらかといえば教導というイメージがついて回る。それは智恵子に対してもそうである。

人との交流は多かったが、かならずしも人好きだったわけではない。甥の高村規の証言によれば、光太郎は呼び鈴を鳴らすと小さな窓から顔を覗かせ、相手が誰であるかを確認し、相手が知らない相手だとすぐ戸を閉めてしまったそうだ。室生犀星は戸を閉められた一人であり、ずっとそのことを根に持ち続けた。光太郎の人の選別は、花巻に蟄居した後も続き、最初は誰とでも付き合ったが、後になると訪問者を帰すことが度々だったようだ。

攻撃癖と逃亡癖

光太郎は、権威に対して激しく攻撃を加える。明治四十三年の『スバル』に掲載された文展の批評では、朝倉文夫（「深みが無い」）、藤島武二（「真剣でない」）、黒田清輝（「命の糧を得ることはなかった」）と、容赦がない。加えて美術界の重鎮に対してだけでなく、森鷗外や夏目漱石にまで難癖をつけている。

腕力も相当なもので、若い頃はユージン・サンドウが世に広めた「サンドウ式体操」で肉体を鍛え、ニューヨーク留学時には自分の作品に悪戯をした芸術学校のクラスメイトと決闘したという武勇伝も残している。相手はボクシング、高村は柔道で闘ったが、高村はサンドウ式体操で鍛えた腕力で相手の男を締め上げ降参させた。

また帰国後のデカタン期にも友人（柳敬助）の入営祝いの幟に黒枠を描いて非国民扱いにされるなど、ハチャメチャなことを行なっている。吉原の女をめぐっては恋敵に決闘を申し込んだという話も伝わっている。

これとは別に、精神科医の町沢静夫は、精神病跡学の立場から光太郎の内なる攻撃衝動を彼の本質的な性格と論じ、高村はそれを昇華するために詩を書いたとみなしている。

ところが光太郎が権威に向かって最後まで戦うかというとそうでもない。立場が悪くなるとすぐ謝罪し、留学は途中で切り上げ、智恵子が病気になると人に預け、「天子様と運命を共にする」と言いながら疎開し、理想の村を建設すると言いながら志半ばで東京に帰ってくる。都合が悪くなるとすぐ逃亡するという癖があった。

虚無と永遠

光太郎はある意味で世俗を超越しており、ニヒリストだったともいえる。彼が忌み嫌うのは地位、勲章といった世間的な栄誉である。また繰り返し述べたように、お金に対する執着も稀薄だった。空襲で何もかも燃えてしまった時もさほど落ち込んだ様子は見受けられない。自分の作品が塵芥に期しても恬淡としていた。その時彼が持ち出したのは智恵子の紙絵である。おそらくそこに永遠を見ていたからだろう。これは確信を持って言えるが、**光太郎は「永遠なるもの」を愛していた。そして彼にとっての永遠なるものというのは、結局「美」そのものなのである。**

今見たように、光太郎という人は一筋縄ではいかない人物である。もちろん、どんな人間もさまざまな人格を演じながら生きているものだ。そうしないと現実の世界で生きてゆけないからだ。人にはそれぞれ与えられた役割というものがあり、状況に応じてそれを演じ分けて生きている。

とはいえ、それでもその人なりのパーソナリティというものを感じさせるものだ。だから安心して付き合っていける。

一方詐欺師は演技によって人を騙す。これは騙すという目標に向かって計算づくで行なわれるもので、その騙し方はあまりに巧妙なため、多くの人が詐欺師の術中に嵌まってしまう。ただ詐欺師というのは、どんなに上手く演技しても、どこかに卑しさを感じさせ、眼力のある者には正体がばれてしまう。これに対し、人も自分も騙せない者は道化に走る。そうでもしないと精神のバランスを保てなくなるからだ。太宰などはそうしたタイプだったかもしれない。

しからば光太郎はどうなのか。光太郎の場合、演技をしている風には見えないし、もちろん道化を演じている風でもない。自己矛盾を抱えながら、いつも真っ直ぐ前に進むというのが光太郎のイメージである。この悪びれぬ様はある意味で異様とさえ言える。

もしかすると多重人格なのではないかという馬鹿げた疑念が湧いてくる。多重人格者も、自己矛盾を感ずることなく人格が変わるからだ。一般に多重人格者はいつも自分に正直に行動しているものの、端から見ると、その人格はでたらめに変化する。光太郎の場合は、もちろんでたらめには変化しないが、本人には変化したという意識があまりない。しかしもちろん、光太郎が多重人格であるはずはない。では彼のカメレオン性とは何なのか。

結論を言えば、光太郎が見せるさまざまな相貌は、結局**光太郎という人間の懐の深さの証である**、としかいいようがないのである。光太郎ほどのスケールの大きな人間であれば、一つの枠に収まることは最初から無理なのだ。カメレオン的に見えるのは、単に光太郎という人間の幅の広さの証なのかもしれない。彼は会う人に応じて、ただ接し方を変えているだけなのだ。そう考えるのが無難であろう。

＊映画化のポイント2

シナリオライターは、今あげた光太郎のエピソードの中からいくつかを採用し、光太郎の人となりを造形する必要がある。そして光太郎を演ずる役者は、巨人としての風格を備えつつ、これらの多面性すべてを演じることができる役者でなければならない。そんな役者が日本にいるかどうかわからないが、少なくとも一つのキャラクターで光太郎を演じようとすれば、皮相な光太郎ができあがってしまう。要は、演出家の頭の中に、そのことがあらかじめインプットされている必要があるということだ。

（2）光太郎の原点

高村光太郎の多面性ということを考慮に入れつつも、やはり彼の人格に核となる部分が存在することは間違いないだろう。そうでなければ、そもそも彼を映画にする意味はない。主人公がただのカメレオンであれば、観ているほうも興ざめするからだ。そこで次には、**高村光太郎の変わらぬ特性、原点**ともいうべきものに光を当ててみる。

駒尺喜美はその著『高村光太郎』（講談社新書）で、高村光太郎を「原理に生きる人」と書いている。光太郎自身が「発足点」という詩で、「私は原理ばかり語る」と宣言している。ではいったいどのような原理に従って光太郎が生きていたのか。駒尺は、この件について次のように語っている。

「では、その『原理』とは何か。光太郎にとって原理とは『自然の理法に参入する事』である。この『自然の理法に参入する事』は、光太郎にとっては、自明であるにちがいないが、しかしかなり難解である。いや難解というより、恣意的といったほうがいいと思うのだが、高村光太郎の勁さ美しさと、現実を素通りしてゆくあっけなさは、共に彼が、あくまでも『原理』だけに固執する人間であるところから発している。

光太郎の『原理』を完成させたのは、やはり智恵子との出会いである。（中略）自分自身をありのままに受け入れて、信じてくれる智恵子を得て、光太郎の自然、光太郎の原理は結晶を遂げたのである」（『高村光太郎』講談社新書）

ここでいう「自然の理法に参入する事」というのがどういうことを指しているか私にはよく理解できないが、光太郎について考える時、確かに生涯変化しなかった行動原理、性格、エートスというものは存在していたような気がする。

私に言わせれば、それは智恵子と出会う以前に形成されたものだ。むしろ智恵子はそうした光太郎の原理性に振り回されて狂気に至ったように思える。では彼の生涯変わらぬ原理、資質とは何であったのか。それが問題だ。

①庶民愛と北志向

光太郎の生涯変わらぬ志向として、庶民愛というものがあった。それは彼のルーツが江戸の庶民だったからだろうか。特に光太郎は祖父（兼吉）とよく遊んだようだが、彼は香具師花又組の頭分で江戸っ子特有の鉄火気質の人であったようだ。光太郎は子どもの頃、見世物小屋がフリーパスであったらしい。デカタン期のハチャメチャぶりは、この祖父から受け継いだ資質であると指摘されている。

光太郎にみる庶民愛、純朴さ、一徹さなどは幼少期に形成されたもので、また後年、光太郎が農村生活に憧れを抱くことになる萌芽はここに存在すると思われる。

東京時代も、例えばお手伝いさんなどに対する優しい対応など、庶民愛に溢れるエピソードが数多く残されている。そもそも彼が美大時代に作った彫刻「薄命児」は、浅草のサーカス一座の玉乗りの少女が泣いているのを、男の子が庇う姿を造形したもので、光太郎の庶民に対する惻隠の情を示すものである。詩においても、庶民に対する慈愛を示す詩が何編か作られている。例えば次のような詩だ。

小娘

たぶん工場通ひの小娘だらう
鼻のしやくれた愛嬌のある顔に
まつ毛の長い大きな眼をひらいて
夕方の静かな町を帰つてゆく
つつましげに
しかし何処かをぢつと見て
群を離れた鳥のやうに
まつすぐに歩いてゆく
気がついてみると少しびつこだ
（中略）
私は微妙な愛着の燃えて来るのを
何もかも小娘にやつてしまひたい気のして来るのを

やさしい祈の心にかへて
しづかに往来を掃いてゐた

（大正六年）

こうした庶民に対する愛着は「丸善工場の女工達」というような詩にも見ることができる。

また、生まれた場所が上野の近くということもあり、光太郎の「北志向」も生涯変わらず続いた。北海道移住計画を二度目論見、東北出身の智恵子と結婚し、岩手で山居生活を送ったのはそうした彼の「北志向」の表れである。東北本線が開業したのは、奇しくも光太郎が生まれた一八八三年のことで、その出発駅が、光太郎が生まれた家の近くにある上野だったことも重要な意味を持つ。開業とともに、東北からたくさんの人間が東京に流れ出てきたことは容易に想像がつき、光太郎が子どもの頃の上野界隈は東北の人間で溢れていただろう。幼少期の光太郎は、蒸気機関車の音を聞くたびに、その列車の向かうの世界を夢想したに違いない。

それと関係があるかどうかはわからないが、光太郎は夏よりも冬を愛し、「冬の詩人」と呼ばれている。有名なのは教科書にも載っている次の詩だ。

冬が来た

きつぱりと冬が来た
八つ手の白い花も消え
公孫樹《いてふ》の木も箒《ほうき》になつた

きりきりともみ込むやうな冬が来た
人にいやがられる冬
草木に背《そむ》かれ、虫類に逃げられる冬が来た

冬よ
僕に来い、僕に来い
僕は冬の力、冬は僕の餌食だ
しみ透れ、つきぬけ
火事を出せ、雪で埋めろ
刃物のやうな冬が来た

（大正二年）

一般に冬の詩は、「来るべき時期に向けて力を蓄える雌伏の時」とか、「人生における困難な時期」に多く作られ、その詩は倫理性と潔癖性を帯びている。

繰り返しになるが、光太郎においては、この「庶民愛」と「北志向」は死ぬまで変化しなかった。

青年期に成り上がってエリートとなるが、エリート集団の中で生きることは嫌いだったし、彼の交流関係を見ても、いわゆる権力者はほとんどいない。ただ一度、戦中は権力の中枢に身を置いたが、やはり居心地は悪かったようだ。

しかしながら、どこまでいってても彼が庶民となれなかったこともまた事実である。北での生活もいつも挫折で終わる。彼の冬の詩はあくまで象徴としての冬であり、自らの決意を冬に託して詠っているに過ぎない。岩手の山での現実の冬に遭遇してからは、雪の詩が二編作られたのみで、最後は冬の厳しさに弱音を吐いてそこから逃げ出すことになる。凍える寒さと圧雪は、彼の想像を圧倒するものだった。

②総領性格

光太郎の性格を考える時、やはり死ぬまで継続したものに総領性格というのがある。これは彼の少年期に形成されたものだ。事実光太郎は、高村家の跡取りとしてかなりの我が儘が許される少年時代を過ごした。父光雲の弟子達も、光太郎の前ではいつもへりくだって接した。

この間、光太郎は寸暇を惜しんで勉強に励み、一流の階層に必要な教養を端倪すべからぬ速さで身につけた。中国の史書、宗教、英語、書道、歌舞伎、寄席と吸収するものは無限で、この後与謝野鉄幹の「新詩社」にも加盟、俳句、短歌、翻訳なども行なう。また美大時代の光太郎の彫刻の技は、まさに天才的と呼べるもので、美大の教師に、光雲の最大の傑作は光太郎であると言わしめた。

こうした環境で育った人間はどうして自分中心に生きざるを得なくなる。しかも光太郎は才能に溢れ、芯の強い人間だった。斜に構えて生きる必要はどこにもなかった。だからいつも真っ直ぐに生きた。そして師匠を持たず、まさに「僕の後ろに道ができる」生き方を貫いたのである。

また光太郎が、戦中に戦争詩を書いた背景には、少年期における高村家と皇室の関係が強く影響しているといわれている。まさに高村家にとっては、天皇は大恩を受けた主君そのものだからである。その思いは光太郎の肉体にも宿っており、それは生涯を通じて変化することはなかった。

幼年期の記憶から常に庶民にシンパシーを抱き続けたが、彼自身が労働者であり農民であったことは一度もなかった。その点が琢木や宮沢賢治との大きな違いである。いわゆる大逆事件や労働争議に対して無関心だったのは、そうした光太郎の総領性格によるものと推察される。当時流入した社会主義思想には目を瞑って過ごしたし、朝鮮や中国に対する侵略戦争については肯定的な姿勢を押し通す。さらに光太郎自身が独白しているように、彼は内村鑑三のようなキリスト者にもなれなかった。彼がキリスト者になれなかった理由を、彼自身は「イエスの奇跡が信じられなかった」からと述べている（『美と真実の生活』）。

光太郎の生涯は、こうした総領性格にありがちな甘さに満ち溢れており、それが晩年まで続いた。弟豊周の回想を読むと、彼が自活して生きていたことは一度もなく、死ぬまで父から援助を受け続け、死んでからもしばらくは遺産で食いつなぎ、その後も誰かの援助で食いつないだ。

光太郎について考える時、この事実を忘れて議論してはならないような気がする。

③マザコンとファザコン

光太郎に限らず、人の人格形成でもっとも重要な役割を果たすのは、やはり父と母の存在であろう。ここで最初に述べておかねばならぬことは、生涯において、光太郎が精神的に両親から離れたことは一度もないという事実である。双方向において親子関係が敵対的であったこともなかった。光太郎は常に両親の庇護の下で暮らしており、それは智恵子と一緒になってからもそうだった。

　まず光太郎にとって、父は愛すべき存在であると同時に目の前に立ちはだかる険しい山であったといえよう。父光雲は二つの顔を持っていた。下町の無学な木彫り職人としての顔と、天皇御用達の権威ある芸術家としての顔である。光太郎は前者を愛しながらも軽蔑し、後者を否定しながらも尊敬していた。父に対しては、常にアンビバレントな感情を抱いており、父の否定と崇拝が、光太郎の人生の中に錯綜して現れる。デカタン期の反抗は父からの自立を目論む企てだが、戦中の光太郎には父光雲の霊が乗り移ってくる。そしておそらく、彫刻的技量という点では超え難い存在だったろう。光太郎が文学に走った理由の一つをそこに見出すことは可能だ。言葉なら父を超えることができたからである。

　一方ひたすら夫に仕えた明治の女である母（わか）は、光太郎にとってはただひたすら自分を守るためにある観音様のような存在だった。光太郎のマザコン的性格は、この母に負っている。これに夭逝（十六歳）するが、光太郎が愛してやまなかった姉（咲子）の存在も光太郎の女性観を支配している。光太郎によれば、この姉は樋口一葉に似て、絵師狩野寿信に師事して日本画を学ぶ秀才であり、幼い光太郎の憧れの存在であった（「姉のことなど」）。現在彼女が八歳の光太郎を描いた絵が残っている。

　この二人の女性の愛を受けて幼少期を過ごしたため、女性というのは、光太郎にとって自分を守るためにこの世にある存在と化し、それ以上のものにはならなかった。その愛の下で、光太郎はひたすら学ぶ勤勉で自己愛（ナルシズム）に満ちた青年前期を送る。

　ただ女性にとって、こうした男はなかなかやっかいな存在である。どちらかと言えば避けたい存在だろう。智恵子は、特に母の死後、母親に代わる役を押し付けられてずいぶん苦しんだと思われる。

④美への崇拝あるいは芸術至上主義

精神病理学的にいうと、光太郎も智恵子も相当の分裂気質であることが指摘されている（町沢静夫『高村光太郎　芸術と病理』金剛出版）。分裂気質の人間の特徴として妄想癖というのがある。そして妄想が高じると幻覚が見えてくるが、豊周の回想によれば、光太郎も智恵子同様白日夢を見ることがたびたびあったようで、智恵子の死後は、白日夢の中でいつも智恵子と会話していた。

ところで妄想というのは、現実に立脚しない想念をさしている。しかし芸術家にとってこれは必要な資質であり、これなくして無から有を生み出すことは不可能といえる。すなわち、妄想は想像（創造）力の源泉なのである。だいたいにおいて宗教も、芸術も、歴史理念も妄想の産物といえる。神の降臨とか、美とか、歴史の実現などというのは妄想が生み出したものに他ならない。

光太郎にとって、人生で一番価値あることは何であったか、この問いに答えるとすれば、私はそれを美であると言いたい。美というのは、ある意味でこれも妄想の産物であるが、それが作品化されると現実に存在するものとなる。

ともあれ、光太郎は常に美を求めていた。「美の探究者」、これだけは生涯変わることのない彼の本質であったと断言できる。自然であれ、人体であれ、彼の詩は、いずれの時期も美しいものへの賛歌で満ち溢れている。

そもそも光太郎は、高村光雲の長男として生まれ、物心ついた時から一流の美術品に取り囲まれて幼少期を過ごした。一つの何でもない木が、仏像や動物に変化してゆく様を彼は目の当たりに見て育ったのである。まず光太郎は彫刻家として人生を出発させたことを忘れてはならない。

彼の彫刻は、対象に密着して即物的に造形されたものが多い。対象の中に宿る美を造形するのが彫刻の仕事と考えていたふしがある。それに対して詩は、彼の感情や思いを表出する道具となった。この**詩と彫刻の使い分け**について、「詩は彫刻の安全弁」というような言い方をしている。**純粋彫刻を作るために、他の表現衝動を詩で昇華する**という意味である。

ところで、「美の探究者」であることはイコール「**芸術至上主義**」に至る。そもそも芸術至上主義という言葉はいろいろな意味で使われる。

第一に、「芸術家は芸術のためならどんな犠牲も厭うべきでない」という意味がその言葉に潜んでいる。例えば芥川が「地獄変」で、そして菊池寛が「藤十郎の恋」で描いたのはそうした芸術家の悲劇であったろう。それは倫理の枠外にある。例えば太宰が心中し、相手が死んで自分が生き残ったことを小説に描くことは倫理的だろうか。また彼が、女に子どもを孕ませてからその女を捨て、その女の書いた小説を自分の小説として書き直すことは倫理的だろうか。しかし芸術家は、それでも書かねばならない。実際書いたからこそ、その出来事が人々の記憶に止められたのである。同様に、『智恵子抄』は妻の狂気を題材とした詩集である。自分の妻の狂気をネタに詩を書くことは倫理的だろうか。しかし芸術至上主義に立てば、それを作品化することは芸術家の義務なのである。そこに何の迷いもない。

芸術至上主義の第二の意味として、芸術作品は決して商品ではないという考え方がある。これも洋行以降、生涯継続した光太郎の信念である。光太郎が父光雲を批判した論点もそこにあるのであって、光太郎にいわせれば、父は売るための彫刻を彫る職人にすぎなかった。これについては光太郎自身の言葉を見てゆこう。

「芸術界のことにしても既成の一切が気にくはなかつた。芸術界に瀰漫する卑屈な事大主義や、けち臭い派閥主義にうんざりした。芸術界の関心事はただ栄誉と金権の事とばかりで、芸術そのものを馬鹿正直に考へてゐる者はむしろ下積みの者の中にたまに居るに過ぎないやうに見えた。日本芸術の代表者のやうな顔をしてゐた文展の如きも残薄卑俗な表面技術の勧工場にしか見えなかつた。冠をした猿どもがそこで自派伸張の争ひでひしめき合つてゐるやうに感じた。義憤に堪へかねて、私はかなりきびしい批評や感想を書き、『スバル』や新聞などに二三年の間発表した」
(「父との関係」)

確かに光太郎は彫刻を生業としたが、実際には、彫刻家としての光太郎は寡作で、残された作品も少ない。その理由は、売るために彫刻を作らなかったからである。作ればかならず高額で売れる大家は別として、通常芸術家は、生計を維持するための売る作品と、本当に作りたい採算抜きの作品を作り分けるものである。例えば父の光雲が「ちゃぼ」をたくさん作ったのは生計を営むためで、こうした作品は、流れ作業のように次から次へとできてゆく。岸田劉生の「麗子像」も、ある時からそうした作品の一つとなった。これができない作家は、生活が成り立たないので美術学校の教師でもやるしかない。

ところが光太郎は、売るための彫刻作りを芸術への冒瀆とみなし、かつまた教師になることも拒否し、それを生涯押し通した（一時売るための木彫り作品を作ったが、それもたいした数ではない）。もちろん彫刻というのは、制作に莫大なエネルギーを必要とし、たくさん造ることが難しい表現形式でもある。空襲以後は、彫刻を制作する道具も失い、造る術もなかった。そうしたことを差し引いても、**光太郎が商業主義に与しなかったことは間違いない**（戦中に多作した戦争詩は、商業主義とは別の観点で見なければならない）。

その代わりといってはなんだが、光太郎は数多くの芸術論を残している。**詩以外で光太郎が一番多く書き残したのは芸術論**で、それは彫刻を造れなかった時期に多く書かれている。

⑤雷体験

パウロは当初キリスト教徒を迫害していたが、ある時雷が目の前に落ちてきて改心しキリスト者になる。それまで培ってきたものがすべて否定される瞬間である。そうした体験を仮に「雷体験」と呼称しておくが、実は明治期に留学した者の多くが、同様の体験をしており、光太郎も例外ではなかった。

高村光太郎という人間を考える際に、どうしてもこの洋行における「雷体験」を抜きに論ずることは不可能で、吉本隆明をはじめ、多くの研究者がそのことに着目している。この時刻まれたトラウマが生涯光太郎を支配したというのだ。

光太郎は三年に及ぶ欧米生活で、ほとんど彫刻修業をしなかったといわれている。時間のほとんどは生活費を稼ぐための仕事と語学の勉強、そして芸術作品を見ることに費やされたようだ。

そして語学の勉強を通して文学に触れた。そうした中で西欧の理想主義、人間主義、個人主義、自由主義を吸収する。そして西欧の芸術に圧倒され、それにひれ伏したのである。彼がヨーロッパの芸術に触れていかに打ちのめされたかは、第一詩集『道程』に収録されているあの詩を読めばわかることだ。

雨にうたるるカテドラル

おう又吹きつのるあめかぜ。
外套の襟を立てて横しぶきのこの雨にぬれながら、
あなたを見上げてゐるのはわたくしです。
毎日一度はきつとここへ来るわたくしです。
あの日本人です。
けさ、
夜明方から急にあれ出した恐ろしい嵐が、
今巴里の果から果を吹きまくつてゐます。
わたくしにはまだこの土地の方角が分かりません。
イイル　ド　フランスに荒れ狂つてゐるこの嵐の顔がどちらを
　向いてゐるかさへ知りません。
ただわたくしは今日も此処に立つて、

ノオトルダム　ド　パリのカテドラル、
あなたを見上げたいばかりにぬれて来ました、
あなたにさはりたいばかりに、
あなたの石のはだに人しれず接吻したいばかりに。
（中略）
今此処で、
あなたの角石《かどいし》に両手をあてて熱い頬《ほ》を
あなたのはだにぴつたりと寄せかけてゐる者をぶしつけとお思ひ下さいますな、
酔へる者なるわたくしです。
あの日本人です。

（大正十年）

この詩では、西欧に対する圧倒的な屈服感情を曝け出している。その感情がさらに増幅されたのは、パリで女と過ごした後の離人体験であった。この時の感情は次の詩によって表現されている。

根付の国

頬骨が出て、唇が厚くて、眼が三角で、名人三五郎の彫つた根付《ねつけ》の様な顔をして
魂をぬかれた様にぽかんとして

自分を知らない、こせこせした
命のやすい
見栄坊な
小さく固まつて、納まり返つた
猿の様な、狐の様な、ももんがあの様な、だぼはぜの様な、麦魚《めだか》の様な、鬼瓦の様な、茶碗のかけらの様な日本人
（明治四十三年）

西欧に対する抜き差しならないコンプレックス、どんなに真似をしても白人になることはできない心通わぬ人間関係から生じた寂寥感は、自分の存在条件を根底から脅かすほど激しいものだった。吉本隆明は、この時のトラウマが戦争高揚詩に影響を与えたと指摘しているが、光太郎が帰国を早めた理由は、そうした屈服感から解放されるためだったと考えることができる。この辺りの心理状態を町沢静夫は次のように形容している。

「これは離人体験の典型的なものであり、（中略）故郷喪失感、根こぎ感、自己同一性の拡散とも表現されよう。このような離人体験に苦しむ光太郎が、『早く帰って心と心とをしやりしやりと擦り合わせたい』と叫ぶように訴えたことは充分納得できることであり、当然のことであろう」（町沢静夫、前掲書）

この結果、光太郎は逃げるように日本に帰ってくるが、それを促したのは母の手紙だった。

「故郷とは光太郎にとって母を意味する。父の持つ悟性や倫理の世界ではなく、母の持つ無差別に包み込む情緒の世界に光太郎は帰ろうとする。(中略)一般に逃げるしかない時に逃げることができるのは大きな自我の強さの証左であろう。分裂病者が危険に対する防備があまりに弱過ぎることを思う時、逃げるが勝ちの方策も自我防衛の欠かさぬ手段であろう」(町沢静夫　前掲書)

この町沢の指摘は、その後の光太郎の人生を考える時、的を射ている。実は光太郎は、危機に陥ると逃げる癖があることは既に記した通りだ。そうした光太郎を母はどこまでも擁護した。これに対し、智恵子は逃げることができない性格だったから狂気に至ったといえるかもしれない。

しかし帰国後、今度は「根付の国」の現実を目の当たりにして、光太郎は遅咲きの反抗期に突入してゆく。その直接のきっかけは、帰国直後の父の言葉だった。神戸から東京に戻る汽車の中で、光太郎は次のように父に言われた。

「弟子たちとも話し合つたんだが、ひとつどうだらう、銅像会社といふようなものをつくつて、お前をまんなかにして、弟子たちにもそれぞれ腕をふるわせて、手びろく、銅像の仕事をやつたら。なかなか見込があると思ふが、よく考えてごらん。」(「父との関係」)

三年におよぶ留学が、銅像会社で商売するためのものだったとしたら、何のために苦しんだかわからなくなる。この言葉に衝撃を受けた光太郎は、たちまち反抗期に突入してゆく。こうして光太郎は、自然主義に反旗を翻す文学団体「パンの会」に加盟し、酒にのめり込んでいった。ただ「パンの会」との交流を経て詩作や評論に打ち込んでゆくのも確かで、この時期なくして詩人、高村光太郎は誕生しなかったと考えられる。この時期、光太郎は吉原河内楼の若太夫、真野しまに入れ込むが、結局失恋する。その時光太郎が決別として書いたのが次の詩だ。

失はれたるモナ・リザ

（前略）
モナ・リザは歩み去れり
かつてその不可思議に心をののき
逃亡を企てし我なれど
ああ、あやしきかな
歩み去るその後《うしろ》かげの慕はしさよ
幻の如く、又阿片を燔《や》く烟《けむり》の如く
消えなば、いかに悲しからむ
ああ、記念すべき霜月の末の日よ
モナ・リザは歩み去れり
（明治四十三年）

モナ・リザは、光太郎を振って木村荘太という文学青年のもとに走った。してみれば、若い頃の光太郎は、どちらかといえば女にもてない男だったといえる。女に対してはどこまでも野暮だったからである。

それはそれとして、私がここで注目するのは、自分から逃げた吉原の女を「モナ・リザ」に喩える光太郎の感覚だ。ここにも光太郎の「永遠化」の作業が見て取れる。そもそも「モナ・リザ」は無名の女だった。ところがダ・ヴィンチが絵に描いたために永遠の女性として此の世に残った。光太郎は吉原の女をモナ・リザに譬えることでその女の永遠化を試みているのだ。

実際光太郎が生涯熱情をかけて打ち込んだことは、結局は見て触れた「美」の「永遠化」だったのではなかろうか。それこそが光太郎の生涯の仕事だったといえる。彫刻を作れぬ時は詩でそれを行なった。実は『智恵子抄』も、智恵子の永遠化であるといえるが、それについては次章で見てゆこう。

＊映画化のポイント3（第一部）

以上のことから、第一部のファーストシーンは、暗い長屋で「ちゃぼ」の木彫り作業に打ち込む光雲から始めたい。そこからカメラがパンし、部屋に飾ってある彼の木彫り彫刻を写し、最後に赤ん坊の光太郎の顔のアップでカメラが止まる。そしてタイトル。タイトルバックは光太郎の彫刻作品と智恵子の紙絵にしてはどうだろうか。

その後は母の背中におんぶされた光太郎が上野駅から発車するＳＬを見送るというシーンが思い浮かぶ。次には、光太郎が感染症にかかって高熱を出すシーン、横浜の美術商が光雲の「ちゃぼ」を買い上げるシーン、祖父と遊ぶ光太郎、姉のモデルを務め、姉が描いた自分を見て喜ぶシーンなどが続くだろう。そしてある時父は美大の教授となり生活が一変してゆく。

なお本書では、紙面の都合上、少年期、青年期、また留学時代の足跡を詳細に辿る作業を省略している。この部分のシナリオ化は他の別の資料を参考にする必要があるが、この時代については、光太郎自身が色々回想録を残している他、数多くの伝記作者によって様々なエピソードが綴られている。

第一部は、導入部の幼少・少年期から始まって、美大での修業時代（彫刻「薄命児」の制作、赤城山登山、武道の修練、文士劇の上演、古典芸能の吸収、勉学、新詩社）、衝撃的な留学体験（ニューヨークでの決闘、ロンドンでの西欧発見、パリでの離人体験）、デカタン期（「パンの会」、吉原通い）と転換してゆくのが一般的な流れとなるだろう。エンディングは、「モナ・リザ」との別れで締めたい。その流れの中で随所に父との葛藤を盛り込む必要がある。

いずれにせよ、前半部は流れるようにエピソードを繋げ、後半に向かうに従って、ドラマの要素を強調していくのが常道だろう。

なお、重要なキャラクターとしては父母、祖父、姉の他に次のような人物がいるので参考にしてもらいたい。このリストを見ると、まさに驚くべき交友関係であることが知れる。

①少年時代

・岡倉天心　高村光雲を東京美術学校の教授に推薦した美術家。光太郎の留学の世話も焼く。導入部以降で必要なのは、光雲が美大の教授になってから生活が一変する様を描くことであるが、そのきっかけを作った人。

②美校時代

・与謝野鉄幹　光太郎が詩作を始めた頃に投稿した「新詩社」の創始者。
・与謝野晶子　鉄幹の妻、歌人。

・水野葉舟　生涯通じて交友を継続した「新詩社」の同人。光太郎が心から胸襟を開くことになる友人なので、彼との邂逅はかならず描く必要がある。その交流の詳細は不明だが、水野が光太郎の詩を批評するという形にすればよいのではないか。
・森鷗外　美校時代の美学教師。光太郎とは相性が悪く、光太郎に風刺画を描かれている。
・黒田清輝・藤島武二　美校時代の油絵教師だが、特に深い関わりはない。
・藤田嗣治　美校時代の油絵学科同期で、美校時代の関わりは不明。
・岩村透　光太郎に洋行を勧めた美大の教授。光太郎の彫刻の才能をもっとも評価した師匠。

③洋行時代

＊ニューヨーク
・柳敬助　ニューヨーク留学時の友人。日本帰国後も交際し、後に光太郎と智恵子が出会うきっかけを作る。
・ボーグラム　ニューヨーク留学時に師事した彫刻家。ここでは光太郎の決闘エピソードの描写が欠かせない。
・荻原守衛　ニューヨークで知り合い、ロンドンとパリで再会した友人。光太郎にパリ行きを勧める。ロダンの弟子、日本帰国後早世。光太郎は荻原の死に深い衝撃を受ける。

＊ロンドン
・バーナード・リーチ　イギリス留学時に知り合ったアート・スクールの友人。

＊パリ
・リルケ　パリ時代、光太郎と同じアパートに住んでいた作家。

・ロダン　光太郎が私淑する彫刻家、荻原と一緒に訪問するが会えずに終わる。
・津田青楓　パリで知り合った留学生、後、智恵子の絵の師匠となる。
・ノートリンゲル女子　パリ時代、光太郎にヴェルレーヌの詩を教授した女性。
・カフェの女　光太郎と関係を結ぶパリ娘。名前はわからない。なおパリ時代の光太郎は放浪の日々を送っているが、それはしっかりと描く必要がある。

④デカタン時代

母の手紙で帰朝し、父に彫刻会社の話を聞かされ動揺し、デカタン生活に突入するが、彼を迎えたのは「パンの会」である。

・北原白秋　帰国後の「パンの会」の同人だが、深い関わりはなかったようだ。
・木下杢太郎　帰国後の「パンの会」の同人。
・木村荘太　若太夫をめぐる光太郎の恋敵（作家）。
・若太夫　光太郎が入れ込んだ吉原の女。
・佐藤春夫　光太郎帰朝後の「スバル」時代の友人。光太郎は佐藤春夫をモデルに油絵を描いている。後年、「乙女の像」の制作時世話になる。

以上、第一部の概要を示したが、本当のドラマは第二部にやってくるのだから、一つ一つのエピソードを掘り下げて描く必要はない。

第2章　ミステリー『智恵子抄』

智恵子生家（福島県二本松市）

高村光太郎がいまだに愛される所以は、何といっても彼が『智恵子抄』を残したことにあるだろう。**『智恵子抄』に描かれた崇高な夫婦愛**、それは何年経っても、読む人の心を捉えて離さないからである。これは二十七年間に及ぶ智恵子の思い出を記録した詩集で、最初に**智恵子が自分の芸術の最良の理解者であること**が謳われ、途中から**智恵子との愛欲生活が描かれ**、最後は**智恵子を失って慟哭**という形で終わる。

まさに愛の詩集といえるが、『智恵子抄』を読んだ誰もが、光太郎にこれほど愛された智恵子がなぜ狂ってしまったのか、と問わずにいられなくなる詩集でもある。もしかして、光太郎の燃えるような愛が、智恵子の心を焼き尽くしてしまったのだろうか。そんな思いに囚われる謎に満ちた詩集なのである。

というわけで、**映画第二部は光太郎と智恵子の愛の物語**となることはいうまでもない。

ところで、大島龍彦によれば、現在背表紙に『智恵子抄』と記された本は十冊以上出されているが、内容がそれぞれ違うようだ。この件に関して大島は、戦後になって出版された『智恵子抄その後』は別として、昭和十六年に龍星閣より出された『智恵子抄』以外は、『智恵子抄』と呼ぶに値しない、と述べている。その理由は、たくさん作られた智恵子に関わる詩の中から、著者自身が最初にセレクトした詩が収められているのが龍星閣版だからである。その後出た詩集は他人がセレクトし、編集したものだ。

実際に著者が捨てた詩を見れば、光太郎がどのような基準で詩を選んだか推測がつく。結局光太郎が捨てたのは、いわゆる自然主義的な詩で、現実をストレートに描いてしまったものが捨象されている（「涙」「からくりうた」「梟の族」「人の心に（遊びぢやない）」「淫心」「金」の六編）。ところで、私が望む映画化作品は、現実に二人の間に起こったことをできるだけ忠実に再現する映画である。そこにこそ真実の人間ドラマがあると信ずるからである。したがって、龍星閣版『智恵子抄』以外の作品も当然見てゆく必要がある。

次には現在入手できる可能な限りの資料を基に、二人の実際の足跡を辿る作業に入りたい。

（1）智恵子との出会い

まず光太郎と智恵子の関係を見る前に、**智恵子の半生**について簡単に触れておこう。

長沼智恵子は、明治十九年に福島県安達郡油井村（現在の二本松市）の酒造店の二男六女の八人兄弟長女として生まれた。彼女が生まれた頃、生家は広大な敷地にいくつもの酒蔵を並べる地方の大店（清酒「花霞」）で、そうした環境の中で何不自由ない幼少時代を過ごした智恵子は、小学校から成績優秀、下宿して通った福島高等女学校卒業後、当時としては珍しく東京の大学に進学した。

小学校から女学校時代までの智恵子はすべてが一番の優等生で、女学校では総代に選ばれている。この時期で注目に値することは、彼女が十六歳の時に小学校の図画の先生（安田卯作）宛に書いた手紙が残されていることだ。彼女が絵画を目指したのはこの先生に依るところが大きかったようだ。

驚くべきは図画の先生に認めた手紙の毛筆（「智恵子記念館」展示品）である。流麗な女性文字

智恵子生家　(福島県二本松市)

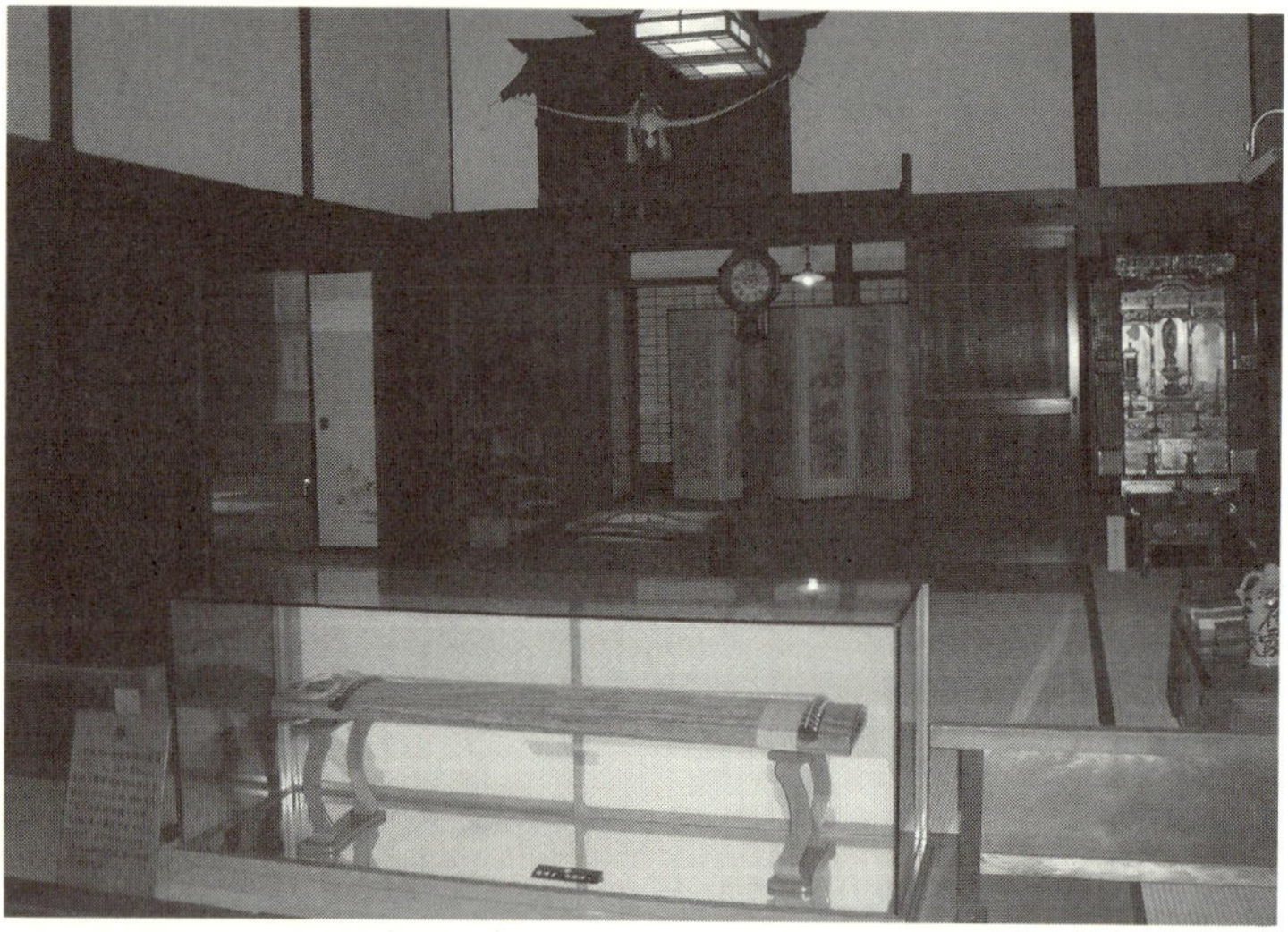

智恵子生家　内部　(福島県二本松市)

の中に、力強さを感じさせるその書は、まさに達筆というに相応しいもので、素人見では、光太郎より上手いのではないかと思わせる。そして残念なことに、彼女が小学校時代に描いた絵は一枚も残されていない。が、姪の春子は、子どもの頃の思い出として次のように語っている。

「叔母は私をおともに、スケッチブックを手に野山にゆくのが大好きであった」（宮崎春子「紙絵のおもいで」、北川太一編『高村光太郎資料集第六集』所収）

結局彼女は日本女子大の家政学部に入学するが、女子大時代はテニスや自転車に熱中する活動的な女性で、ここで洋画の教授である松井昇からデッサンの指導を受けている。明治三十九年十月に開かれた文芸会で、彼女は記念誌『三つの泉』に枠絵を描いた。またこの時期、舞台の背景画も描いている。この時一年後輩で、智恵子の助手を務めた広瀬さきの証言。

「小道具の方からみんなの着物に絵の具がつくって叱られたりして、みんなたいそうな騒ぎでした」（『桜楓会八十年史』昭和五十九年四月）

要するに画家を志したのは、子どもの頃より絵を描くのが好きだったこともあるが、大学の楽しいイヴェントがきっかけだったようだ。

親にすれば、大学を出た後はすぐ家に帰ってきてもらいたかったろうが、日本女子大卒業後、女子大同窓会の寮（自敬寮）に住みながら、画の勉強のために太平洋画会研究所に通い始める。

そして大学の同窓会誌『家庭』にカットを描いた。当初反対していた親は、智恵子が描いた祖父次助の肖像画を見て絵の勉強を許可したようだ。彼女の絵の才能については、現在智恵子の木炭デッサンが二枚残されており（「智恵子記念館」展示品）、そこから判断することができる。確かに対象の形は正確に表現されており、なかなかのものだが、ただ立体感がなく、このデッサンで今芸大を受験したとすれば、おそらく落第するレベルと思われる。

同じ研究所にいた渡辺文子は、智恵子を「美しい、なおなおとした女性で、話す声も聞き取りにくいほどの控えめな感じの外見と、その仕事ぶりは、また反対に自由奔放で強い調子のものでした」（『わが心の自叙伝1』のじぎく文庫、昭和四十年）と評している。また小島善太郎によれば、「無口で誰とも親しまず、唯人体描写を静かに続けていた」（『智恵子二十七、八歳の像』）とのことである。

もう一人、二十四歳で第一回文展に入賞した夏目利正という日本画家は、自分の画を「智恵子さんから『こどものくせにしてこんなまとまった絵をかくことはちっとも真実を知らないからで、個性のない、誰でもかける絵だ』」（『新岩手日報』昭和二五年十一月一日）と酷評されたと証言している。

この三人の証言からは、智恵子がこの頃本気で絵画の勉強をしていたことが窺える。

ところで太平洋画会研究所の先生は正岡子規に写生説を教えた中村不折という人で、この師匠との関係においては次のようなエピソードが残されている。彼女が描く絵にエメラルド・グリーンが多かったのを見た指導者の中村不折が、「絵を例えば黄色一色で描いても良い。しかし不健康な色はつつしまねばならぬ。エメラルド・グリーンは最も不健康な色であるから……」と注意したというのだ。ところが智恵子は中村の指導に従わずエメラルド・グリーンを使い続けた（小島善太郎、前掲書）。

智恵子が光太郎の存在を知ったのは、おそらく光太郎が雑誌『スバル』に発表した「緑色の太陽」（明治四十三年）という文章を読んだ時だろう。これは帰国後の光太郎の芸術マニフェストというべきものであるが、ここで光太郎は次のように述べている。

「僕は芸術界の絶対的自由を求めている。したがって、芸術家の人格に無限の権威を認めようとするのである。（中略）僕の制作時の心理状態は、従って、一箇の人間があるのみである。日本などという考えは更に無い。自分の思うまま見たまま、感じたままを構わずに行《や》るばかりである。（中略）人が『緑色の太陽』を画いても僕はこれを非なりと言わないつもりである。僕にもそう見える事があるかも知れないからである」

ここで緑色の太陽を描いた画家というのはゴッホを指していると思われる。そしてこの文章に見られる主張は、「芸術は自我の表出であり、芸術家は自分が感じたことを偽りなく表現すべきだ」ということになるだろう。が、それにしても、智恵子のエメラルド・グリーンの話と妙な符合を感ずる。

この頃光太郎は、新進芸術家のために神田淡路町に画廊「琅玕洞」を開くが、ここに智恵子は何度も顔を出した。つまり智恵子のほうが先に光太郎を認知していたことになる。ところが「琅玕洞」は一年足らずで他人のものとなり、光太郎は北海道への移住を試み、挫折する。まさにその数カ月後、明治四十四年九月に、智恵子による表紙絵を使った雑誌『青鞜』が創刊されるのである。

『青鞜』の発行は、女性のための文学講習会の講師を務めていた生田長江（当時二十九歳）が、聴講生の平塚明《はる》（当時二十五歳）に女性だけの文芸誌の発行を勧めたことに端を発する。表紙を描いた智恵子はこの時二十五歳で平塚の同期、智恵子に描かせたのは平塚のようだ。そして二人は、大学時代のテニス仲間だった。平塚によれば、智恵子とのテニスは「まったく見かけによらない、はげしい、強い球で、ネットすれすれにとんでくるので悩まされた」（「高村智恵子さんの印象」）とのことである。なおこの時、平塚は森田草平との心中未遂事件である塩原事件を起こした後だった。

創業時の社員は岩野清子（岩野泡鳴の内縁の妻）、田村俊子ら十八名、賛助員は、与謝野晶子、森しげ子（森鷗外の妻）ら七名で、社員の会費と平塚の母の援助で発行されたが、初版一千部というのは、完売してもほとんど利益にならない部数だった。したがって、最初から事業を行なう気はなかったと思われる。光太郎との関係を考えるならば、与謝野晶子は光太郎の短歌の師匠であり、光太郎も智恵子を紹介される前から『青踏』を読んでいた可能性がある。しかし光太郎自身の言葉によれば、彼は出会う前に智恵子のことをまったく知らなかったと証言している。

結局『青踏』という雑誌は、サークル誌とはいえないにせよ、体裁の良い同人誌だった。今でこそ『青鞜』は歴史を変えた雑誌ということになっており、日本史の教科書にも載っているが、発刊当初は特権階級のお嬢様が集まって出した趣味の雑誌に過ぎなかった。確かにその前年には大逆事件が起こっており、韓国併合など、時代は風雲急で動いていた。だからといって『青鞜』のメンバーが命をかけてこの雑誌を出したわけではない。

しかし巻頭を飾った平塚による「元始、女性は実に太陽であつた」の辞は世間に衝撃を与え、ここから、歴史に名を残す人々が輩出してゆく。神近市子や伊藤野枝がそうだ。そして智恵子も、日本で最初に女性解放を訴えた歴史的雑誌『青踏』の表紙絵を描いた女性ということで一躍注目を浴びる存在となってゆく。

その後彼女は自分を『青鞜』の理念に近づけるべく新しい女を演じようとした。智恵子はこの頃「芸術家村」となりつつあった雑司ヶ谷に引っ越している。当時その界隈には、津田青楓、坂本繁二郎、斎藤与里、中村彝が住み、他に羽仁もと子、相馬御風、小川未明らが住んでいた。この時期師事していた津田青楓が、この頃の智恵子について次のように回想している。

「着物の裾からいつも真赤な長襦袢を一二寸もちらつかせているから、道を歩いていると人が振り返って必ず見てゆく。（中略）話し振りは物静かで多くを言わない。時々因習に拘泥する人を呪うように嘲笑する。（中略）彼女は言った。世の中の習慣なんて、どうせ人間のこしらえたものでしょう。それにしばられて一生涯自分の心を偽って暮らすのはつまらないことですわ。わたしの一生はわたしが決めればいゝんですもの、たった一度しかない生涯ですもの」（『漱石と十弟子』朋文堂新社）

さらに俳人の松島光秋は、画家の小島善太郎からの伝聞として次のように智恵子を評している。

「ディレッタントで気ままな人、気ぐらいが高くてだれとも口をきかなかった。おぼれる性質があり、リアルとして掘り下げる力がなかった」（松島光秋『高村智恵子　その若き日』永田書房）

いかにも不敵な新しい女という雰囲気を漂わせているが、ここで勘違いしてはならないことは、一般に東北人は人見知りが多く、他人からは無口に見えるということである。勝ち気にみえるが、実際には逆である場合が少なくない。

だいいち智恵子は『青踏』の論客だったわけでなく（たった一度劇評のようなものを書いている）、たまたまこのグループとの交友関係から頼まれて表紙を描いた人にすぎなかった。女性解放を唱えるだけの思想的背景を持ち合わせていなかった。実際彼女の描いた『青鞜』の表紙絵を見れば、カットとしてはよくできているが、よく見るとビアズリーかミュシャの模倣のように見えてくる。当時アール・ヌーボーやアール・デコは海外から入ってきた最先端の前衛芸術で、彼女の師匠となった津田青楓もアール・ヌーボーの影響を受けていた。けだし智恵子がそれを知ったのは、津田を通してであろう。彼女はアール・ヌーボー風の表紙絵を描いただけなのだ。ところがそれが世間から持て囃されることになったのである。

こうして智恵子の油絵「お人形」が、雑誌『少女世界』の表紙を飾ることになる。これも実に印象的な絵で、智恵子にイラストの才能があることがよくわかる。あるいは光太郎に出会わず、その道を突き進めば、智恵子は成功を収めていたかもしれない。

この段階でも、光太郎が智恵子をまったく認知していないというのはやや解せない感じもするが、光太郎はその時、それどころではなかったのだろう。実際智恵子が画学生になってから世間に認知されるまでの間、光太郎のほうは穏やかならざる日々を送っていた。デカタン期から足を洗おうとして白樺派に惹かれていった時期であり、光太郎自身、「退廃者より」という詩で、次のように心境を吐露していた。

「余に転化はくるべし／恐ろしき改造は来るべし／何時なるかを知らず／ただ明らかに余は清められむ」（明治四十四年六月十四日）

これを察し、父光雲の弟子達は、光雲の還暦祝いの胸像制作を光太郎に依頼する。ところが逆に光太郎はその仕事を重荷に感じた。何か力量を試されるような気がしたからである。そのため制作はなかなかはかどらず、ますます落ち込むばかりだった。そしてこの時に、二人の出会いが準備されたのである。

それは突然やってきた。ニューヨークで知り合った画家の柳敬助の妻（橋本八重）が、日本女子大の後輩である智恵子を光太郎に紹介したのだ。この八重が書いたメモというのが残っており、それには次のように記されている。

「K（小橋三四子）さんが忙しい時間を割いて来訪。N（長沼智恵子）さんがあなた（柳八重）にね、紹介をしていただきたいつて」（北川太一編・柳八重メモ・『ユリイカ』昭和四十七年七月号）

当時八重は「家庭週報」の編集の仕事をしており、智恵子とは大学時代、芝居の公演で一緒に仕事をした仲だった。八重が智恵子を光太郎に紹介する気になったのは、その時智恵子が『青踏』の表紙を描き、時の人となっていたからだろう。きっと似合いのカップルのように思えたに違いない。

ただし八重はこの時智恵子に光太郎の悪い噂を伝えたらしい。しかしその話を聞いて、智恵子はますます光太郎に関心を持ったようだ。いずれにせよ、このメモの存在から最初に関心を持ったのは智恵子のほうであることがわかる。恋愛の場合、どちらが先に恋に落ちたかは重要である。通常、恋に落ちた者は、相手を偶像化し、相手に合わせようとするからである。

とまれ、明治四十四年の十二月に智恵子は高村光雲の屋敷の一角にある光太郎のアトリエを訪れる。始まりは**心酔するファン（智恵子）が有望な芸術家（光太郎）を表敬訪問するといった形でスタート**したようだ。基本的には光太郎が欧米の絵画について語り、智恵子がそれを聞くという形である。その時光太郎は、智恵子を「無口な人」と感じた。したがって、**出発は教師と生徒という形**で動き出すが、これもまた、後に光太郎と智恵子の夫婦生活に微妙な影を落としてゆく。そのスタンスが同棲後も続いてゆくからだ。

翌四十五年四月、智恵子は早稲田文学主催の装飾美術展に油絵を出品するが、これには光太郎や青楓も出品した。そして五月には太平洋画展にも油絵を出品する。この時出品されたのは「紙ひなと絵団扇」、「雪の日」という二作でそれぞれ十五円の値札がつき、実際に売れた。そしてその後、智恵子の油絵が再び『少女世界』の表紙を飾る。

その直後、父光雲が光太郎のために作ってくれたアトリエが駒込林町（現千駄木）に完成し、その完成祝いに智恵子はグロキシニアの花を持って行く。この直後に作られた光太郎の詩は、新しい恋に対する不安が吐露されている。

「誰か待っている／私を待っている、私を（中略）尊い、美しい、何かが居る、そして私を呼んでいる／けれど一体私はどうしよう」（「あおい雨」明治四十五年六月）

そうこうするうちに、ついに智恵子は六月五日の読売新聞に次のように紹介された。

「我が長沼智恵子などは、男をも凌ぐ新しさをもって、花のような未来を楽しんでゐる」

この新聞記事は写真付きのかなり長いものであり、その扱いは、今で言えば新人俳優の大河ドラマ出演報道に匹敵する大きさとなっている。

そして六月二十二日、「琅玕洞」において、智恵子は田村俊子と「あねさまと団扇絵」の頒布会を開いている。「あねさま」というのは田村俊子がつくった紙人形である。この時は文学関係者が田村の作品を買いあさったようで、これは智恵子のプライドをやや傷つけたようだ。

なおこの時、『青鞜』で智恵子の団扇絵を好意的に批評した尾竹紅吉は、ある時田村と智恵子がやってきて、絵を見せてくれと頼まれて見せたところ、智恵子に次のように言われたそうだ。

「あなたの絵は、青草を噛むような嫌なところがあるが、あなたは田村さんの言うとおり、大きな、邪気のない赤ん坊だ」(「一つの原型」『高村光太郎と智恵子』所収、筑摩書房)

＊映画化のポイント4

第二部は『智恵子抄』の再映画化という趣になるが、主なエピソードはほとんど本文に盛り込んであるので、シナリオライターは、本文からエピソードを拾い上げてシナリオを構成してもらえたらと願っている。

ともあれ、映画第二部は智恵子から始めるべきだろう。智恵子の幼少期からでもよいし、大学時代からでもよい。彼女が絵画に目覚め、光太郎に出会うまでが第二部出だしの映像となるのが自然だ。欠かせぬのが次のようなシーンだ。

・安達が原で絵を画く少女の智恵子とその絵を褒める図画の教師
・美大時代の幸福な智恵子、演劇の発表会での背景画、同窓会誌での挿絵、平塚明とのテニスなど(この幸福は後の不幸を浮き上がらせるコントラストとなる)
・絵に目覚め、必死にデッサンや油絵に打ち込む画学生としての智恵子
・「青鞜」の挿絵からスポットライトを浴びてゆく智恵子

などである。

ただ、その後のバランスを考えると、この部分をあまり長くするわけにはいかない。また智恵子を描きながら、光太郎の話も盛り込まねばならない。この時期の始まりは光太郎にとっては模

索期にあたり、白樺派との交流、画廊「琅玕洞」や北海道移住計画の失敗などを前半部でさりげなく描く必要がある。

　そしてその後に智恵子と光太郎の出会いがやってくる。なお高村光雲の屋敷跡は現存しているが、周囲はもはや当時の面影は残っていない。ロケーションの場所は複数準備しなければならないだろう。

高村光雲宅跡（文京区千駄木）

（2）恋愛期

真壁仁の証言によると、出会ってから半年後、智恵子が光太郎に宛てて書いた手紙（消失）の書き出しは「かなしいことになりました」と記されてあった。それは智恵子が、光太郎に親が勧める縁談の話があることを伝えたものだった。（『高村光太郎と智恵子』所収、筑摩書房）

実は智恵子には二本松の医師寺田三郎という許嫁がいたのだが、この時期になって、親からさかんに結婚を促す手紙がきたのである。親のほうもいつまでも放置できなかったのだろう。理解できないのは、同じ時期に光太郎によって発表された次の詩だ。

友の妻

友よ
君の妻は余の敵なり
君の妻を思ふたびに、余の心は忍びがたき嫉妬の為に顫へわななく
君を余より奪ふものは君の妻にして
君に対する余の友情を滑稽化せむとするものも君の妻なり
さればすべての友の妻は余の呪ふところとなる
（後略）

（明治四十五年七月二十一日）

友の妻というのは、光太郎に智恵子を紹介した柳八重を指している。

八重の後年の回想によると、実は智恵子を光太郎に紹介しろと最初に言ったのは、夫の敬助のほうだったらしい。したがって、この詩が書かれたのは、光太郎が智恵子と出会う前のことだったと推測される。その詩を柳に見せたので、柳が慌てて光太郎に女を紹介しようとしたのだろう。その後八重は、その話を智恵子の友人である小橋に話し、小橋が智恵子に話したところ、智恵子が乗ってきたというのが事の真相のようだ。映画でも、そのように描くことは許されるだろう。

ところで光太郎がこの詩を冗談で書いたのか、それとも本気で書いたのかは正直わからない。ただ詩の大意は、柳がすっかり妻の虜となって芸術家として駄目になっている、というふうなことが書かれている。明治四十五年の段階でこの詩を発表したことの意味は、もしかすれば交際中の智恵子との結婚について悩んでいる最中、「俺は柳敬助のようにはならないぞ」と智恵子に宣言したのかもしれない。だとすればこれは計算ずくで発表されたことになる。

もちろんこの詩を発表した後も、柳夫妻との交流は続いているので、柳と光太郎の間に問題は発生しなかった。ただこの時点で一つ問題があったのは、実は光太郎は、この時まだ女給通いをやめていなかったということである。その頃光太郎が入れ込んでいたのは雷門の「よか楼」のお梅さんであったが、お梅が智恵子の噂を聞きつけ光太郎の部屋を訪れた時、机の上に智恵子の電報を発見し、それによって二人の関係は完全に切れることになったようである。(「ヒューザン会とパンの会」雑誌『邦画』所収、昭和十一年三月一日)

なおこの月の末、明治天皇が崩御するという大事件も起こっている。そして智恵子も関係の進展を促す行動に出たようだ。光太郎が書いた次の詩からうかがい知ることができる。

おそれ

いけない、いけない
静かにしてゐる此の水に手を触れてはいけない
まして石を投げ込んではいけない
一滴の水の微顫も
無益な千万の波動をつひやすのだ
水の静けさを貴んで
静寂の価《あたひ》を量らなければいけない

あなたは其のさきを私に話してはいけない
あなたの今言はうとしてゐる事は世の中の最大危険の一つだ
口から外へ出さなければいい
出せば則《すなは》ち雷火である
あなたは女だ
男のやうだと言はれても矢張女だ
あの蒼黒い空に汗ばんでゐる円い月だ

世界を夢に導き、刹那を永遠に置きかへようとする月だ
それでいい、それでいい
その夢を現《うつつ》にかへし
永遠を刹那にふり戻してはいけない
その上
この澄みきつた水の中へ
そんなあぶないものを投げ込んではいけない
（後略）
（大正元年八月、発表は九月）

まずこの詩について、これは智恵子を『青鞜』から引き離す目的で書かれたとする説がある（上杉省和『智恵子抄の光と影』大修館書店）。平塚の有名な宣言の後に次のように書かれているからだ。

「今女性は月である。他に依って生き、他の光によって輝く青白い顔の月である。私どもは隠されてしまった我が太陽を今や取り戻さねばならぬ」

詩ではあえて智恵子を月と呼んでいる。

確かにそう解釈することも可能だろう。しかし普通に読むと、この詩では、決断を迫る智恵子に対し、光太郎自身が躊躇している様が窺える。どうやらこの時点では、光太郎はまだ結婚に踏

み切る決断ができていなかったようだ。
光太郎はこの時期のことについて、「私の今後の生活の苦闘を思ふと、彼女をその中に巻き込むに忍びない気がした」（「智恵子の半生」）と、後で述懐している。折しもこの時、婚約の件で智恵子は田舎に帰郷しなければならなくなる。しかも智恵子の帰郷は、八月十八日の読売新聞で「長沼智恵子女史は郷里福島に帰省中」と報じられるほどの出来事だった。その頃の読売新聞は、今でいう芸能新聞と変わらぬ機能を持っていたのだろう。
こうして智恵子が親から叱責を受けている間に発表されたのが、『智恵子抄』の最初に載せられているあの詩だった。

人に

いやなんです
あなたのいつてしまふのが――

花より先に実のなるやうな
種子《たね》より先に実のなるやうな
夏から春のすぐ来るやうな
そんな理屈に合はない不自然を
どうかしないでゐて下さい

型のやうな旦那さまと
まるい字をかくそのあなたと
かう考へてさへなぜか私は泣かれます
小鳥のやうに臆病で
大風のやうにわがままな
あなたがお嫁にゆくなんて

いやなんです
あなたのいつてしまふのが――

なぜさうたやすく
さあ何といひませう――まあ言はば
その身を売る気になれるんでせう
あなたはその身を売るんです
一人の世界から
万人の世界へ
そして男に負けて
無意味に負けて
ああ何といふ醜悪事でせう

（後略）

今掲げたのは、実は最初の『智恵子抄』を出す時に書き直した詩である。この詩が初めて雑誌『劇と詩』に発表された時の題名は「N女子に」となっている。なおこの詩が書かれたのは明治四十五年七月十五日なので、智恵子が田舎に帰省する前に書かれ、発表の機会をうかがっていたことになる。実際に雑誌に発表されたのは九月のことだった。ちなみに『劇と詩』の七月号には智恵子が扉絵を描いている。九月号が智恵子のもとに届けられ、それを田舎から帰ってきた智恵子が読んだとされているが、その時光太郎は、犬吠岬で写生旅行をしている最中であった。なお『劇と詩』に発表された「N女子に」の内容は「人に」とは異なっている。どこが違うかといえば、詩としての完成度も低いが、最初の詩には次のフレーズが載っているのだ。

男に負けて子を孕んで
あの醜い猿の児を生んで
乳をのませて
おしめを干して
ああ、何という醜悪事でせう
あなたがお嫁にゆくなんて

このくだりは、多くの人にとって容認しがたいだろう。結局このフレーズは『智恵子抄』ではカットされたが、光太郎は、当初、この詩そのものを詩集からカットしようとしたようだ（『智恵子抄』の世界』大島龍彦・大島祐子、新典社による）。

それにしても、通常恋文というのは、相手の優れた点を挙げ連ね、だから私はあなたと一緒になりたいと書くものである。しかしこの詩には智恵子の優れた処を賛美している部分はほとんどない。省略の部分も含めて詩全体に書かれていることの大意は次のようになる。

「あなたは私の芸術を理解できる優れた資質を持っている。しかし未完成な存在である。だから私から離れてはならない」

まるで教師が生徒を支配するような物の言い方である。そしてそれに続くのは宗教家が、「私から逃げてはいけない」と暗示をかけているような言葉だ。黒澤亜里子は、この詩を「智恵子に向かって投げられたひとつの『救命具』もしくは『罠』」（『女の首』逆光の『智恵子抄』ドメス出版）と分析している。

通常女は、こうした迫り方をする男からは逃げる。だから若太夫には逃げられた。ところが智恵子は、東北出身で、ウブで真っ直ぐで、男勝りの性格だった。そしてこの時点では、既に恋に落ちていた。その上智恵子自身は芸術家を志していた。だから彼女に逃げるという選択肢はなかった。こうした局面で逃げれば自分自身への裏切り行為となるからだ。だから彼女は、この詩で決断する。加えて詩を雑誌に発表するというのも罠の一つである。発表されてしまえば、それが既成事実となってしまうからだ。婚約が破談になっても致し方ない。

智恵子が『劇と詩』を手にした時。光太郎は犬吠岬におり、智恵子はすぐに追いかけていく。おそらく居場所を伝えたのは光太郎のほうだろう。教えなければわかるはずがない。

後に光太郎自身が語っていることであるが、この時智恵子は光太郎の泊まっている宿に泊まった。そして光太郎は、隣の女湯の浴槽に入る智恵子の裸を覗き見ている。それは偶然とは思えない。智恵子が光太郎に見られるように風呂に入ったということだろう。この時のことについて、光太郎は次のように回想している。

智恵子が後に光太郎に語ったところによると、光太郎がもし智恵子と結婚する意思がないことがわかったら、銚子の海に投身するつもりでいたと漏らしたそうだ。そのくせ、宿で光太郎が万が一にも無体なことを言い出したら、その人柄に幻滅するから、これを拒否し身を投げるつもりであったと。

いかにも、智恵子らしい純な人柄を彷彿とさせる話であるが、この時点、もしくはこの直前の段階で、智恵子の郷里の婚約は破談となっていた。これについては当事者の証言がある。婚約者寺田三郎氏の弟、四郎によるものだ。


「夏休みが終わり東京に帰りまして、いろいろ内偵いたしましたところ、（中略）ついにそれを破約することになったのであります」（『光太郎資料22』）

智恵子が光太郎との結婚を決断した時期のことを、当時智恵子と深い交流があった田村俊子は次のように書いている。

「多くの男の友達を持ちながら、ついぞ今まで恋をしらずに来たといふあなたが……『なんでもいいから私の心に触つて貰いたくないの。わたしの心に触られるのが厭なの』。あなたは斯う云つて何処かに行つてしまつた」（「悪寒」大正元年九月）

田村俊子は、この時すでに小説家として世に出ていた才媛だった。結婚していたが、牢獄のような夫婦生活からの脱出を願って智恵子と同性愛的とも言える関係を続けていた最中だった。その田村から智恵子は光太郎にのりかえたのである。なお、北川太一は『画学生智恵子』（蒼史社）の中で、この田村の小説（「悪寒」）が智恵子に関わる男関係のゴシップをすべて否定する力を持っていたと分析している。そしてこの時智恵子は『青鞜』に表紙絵を描くことも断っている。『青鞜』に関わることが、光太郎の結婚にマイナスに作用すると考えたからだろう。かくて光太郎と智恵子はいよいよ相思相愛の恋愛関係に移行してゆく。

ここで考えねばならぬことは、**この時の光太郎と智恵子には、世の中の因習に囚われずに新しい芸術を創造してゆきたい共通の気概があった**ということだ。いわば二人は同志的存在だった。その時点では智恵子も創作欲に燃えていた。

とはいえ、同志といってもはっきりとした違いがあった。その違いというのは二人の格の差だ。いかに智恵子が時の人であったとは言え、所詮彼女は、地方から出てきて画を描きはじめたばかりの娘に過ぎなかった。一方光太郎は、名門高村家の跡取り息子で、既に一流の彫刻家だった。光太郎が東京美術学校在学中に制作した「五代目尾上菊五郎胸像」（二十歳）、「うつぶせの裸婦」（二十二歳）、「薄命児」（二十二歳）を見ると、天才と謳われた若きピカソの絵に匹敵する力量を持っていることがわかる。二十歳前後で既に一流の技を備えており、その気になればいつでも彫刻界のトップを上り詰めることができた。この落差は、やがて二人の共同生活に影を落としてゆく。

この後光太郎は岸田劉生の「ヒューザンの会」展に油絵を出展、そして智恵子との恋の成り行きを詩にしては雑誌に発表し続ける。例えばこんな詩だ。

カフェにて

おれの魂をつかんでくれ
おれの有り様をみつめてくれ
「夜目遠目傘のうち」
そればつかりは真平だ

（大正元年十月）

この詩から、光雲の息子であるという名声にひかれて一緒になるならお断りという光太郎の心の叫びが聞こえてくる。いわば結婚に向けて、智恵子に条件を提示しているのだ。こんな話を本人に語らず、詩で発表するというのは、当時の文人に流行していたことなのだろうか。私にはとてもそうは思えないのだが、結局光太郎は、この時「劇場型恋愛」を楽しんでいたのかもしれない。

この頃になると光太郎と智恵子のことが世間に知れわたり、ゴシップネタとなってゆく。それには二人に対する中傷も含まれていた。例えばこんな具合だ。

「中村彝が智恵子のことを『あんな締りのない婦は嫌になった』と云つてる相だ」（『国民新聞』九月十日）

十月の雑誌『新婦人』では、智恵子の写真が一ページで載り、略歴が紹介される。そして光太郎は次のような詩を発表して中傷に対抗する。

梟の族

ぼろすけぼうぼう――
――聞いたか、聞いたか

軽くして責なき人の口の端
森のくらやみに住む梟《ふくろふ》の黒き毒に染みたるこゑ
街《ちまた》と木木にひびき

わが耳を襲ひて堪へがたし
わが耳は夜陰に痛みて
心にうつる君が影像を悲しみ窺ふ
かろくして貴なきは
あしき梟の性なり
（後略）

（大正元年十月二十日）

そしてこの詩を書いた三日後、次の詩を書いて、自分の決意のほどを確認した。

或る宵

（前略）
我等は為すべき事を為し
進むべき道を進み
自然の掟を尊んで
行住坐臥我等の思ふ所と自然の定律と相戻らない境地に到らなければならない
最善の力は自分等を信ずる所にのみある
（中略）
あらゆる紛糾を破つて

自然と自由とに生きねばならない
風のふくやうに、雲の飛ぶやうに
必然の理法と、内心の欲求と、叡智の暗示とに嘘がなければいい
（中略）
半端物のような彼等のために心を悩ますのはお止しなさい　　（大正元年十月二十三日）

今の二つの詩からわかることは、光太郎と智恵子の恋は、世間からスキャンダルと見なされ、そして世間を敵に回すことで二人はますます結びついていったということである。そしてこの流れからは、この結婚が、光太郎の父母からも激しい反対にあっていたと推察される。

しかし光太郎は、智恵子との結婚を決意し、新しい生活に踏み出すことになる。十一月の『劇と詩』では、扉絵を智恵子が、裏絵を光太郎が描き、塑像「智恵子の首」も着手された。この他翻訳にも力を注ぎ、光太郎は精力的に動き始める。そしてこの年の冬の詩は、智恵子に対する愛の賛美に満たされる。

郊外の人に

わがこころはいま大風《おほかぜ》の如く君にむかへり
愛人よ

いまは青き魚の肌にしみたる寒き夜もふけ渡りたり
されば安らかに郊外の家に眠れかし
をさな児のまことこそ君のすべてなれ
あまり清く透きとほりたれば
これを見るもの皆あしきこころをすてけり
また善きと悪しきとは被《おほ》ふ所なくその前にあらはれたり
君こそは実《げ》にこよなき審判官《さばきのつかさ》なれ
（後略）
（大正元年十一月）

この詩は、智恵子に対する光太郎の愛が燃え上がった瞬間を謳った詩であり、外に対しては、「敵、敵、敵　すべてを切り離して私は今戦闘を始めるのだ」（「戦闘」大正元年十二月）と宣言する。「郊外の人」という詩では、光太郎が智恵子をどのように見ていたかがわかる。光太郎にとって智恵子は「をさな児のまこと」を持つ女であり、「審判官（さばきのつかさ）」なのである。実は光太郎は智恵子を「共同生活を維持してゆく女」とも、「一個の独立した芸術家」とも見なしていない。彼女は光太郎にとって「自分の芸術を理解するをさな児」とみなされているのだ。このことについて一九七〇年代にウーマン・リブの洗礼を受けた駒尺喜美は次のように記している。
「わたしが驚嘆するのは、その錯覚を一生涯もちつづけた点である。光太郎の非凡さはその点にあると思うが、その錯覚を一生涯おし通しうるには、相手の人間、相手の人間的事実を見ないで、己の観念のみを見つづける必要がある」（『高村光太郎』講談社現代新書）

実際昭和二十四年に光太郎が書いた詩に次のようなものがある。

あの頃

人を信ずることは人を救ふ。
かなり不良性のあつたわたくしを
智恵子は頭から信じてかかつた。
いきなり内懐《うちふところ》に飛びこまれて
わたくしは自分の不良性を失つた。
わたくし自身も知らない何ものかが
こんな自分の中にあることを知らされて
わたくしはたじろいた。
少しめんくらつて立ちなほり、
智恵子のまじめな純粋な
息をもつかない肉薄に
或日はつと気がついた。

わたくしの眼から珍しい涙がながれ、
わたくしはあらためて智恵子に向つた。
智恵子はにこやかにわたくしを迎へ、
その清浄な甘い香りでわたくしを包んだ。
わたくしはその甘美に酔つて一切を忘れた。
わたくしの猛獣性をさへ物ともしない
この天の族なる一女性の不可思議力に
無頼のわたくしは初めて自己の位置を知つた。

（昭和二十四年）

駒尺は、この詩について次のように批評している。

「智恵子と結婚してから、彼女の死まで二四年間、その間、智恵子の自殺未遂があり、精神の乱調ありと、二人の生活は決して平坦ではなかった。見る気になれば、そこには地獄すら見えたはずである。だが、光太郎はそれを見なかった。いや正確にいうならば、見ても見なかったのである」（『前掲書』）

話を元に戻すが、翌大正二年一月、智恵子は大学時代の友人旗野澄子の家に滞在して、毎日スキーを楽しんだようだ（『画学生智恵子』北川太一、蒼史社）。ここに光太郎から恋文が届いている。その恋文の中で、光太郎の見た夢のことが記されているが、夢の中で、智恵子はジャンヌ・ダルクのように燃え上がるのだ。

この頃遣り取りした恋文は行李一杯あったとの証言が残っているが、残念ながら戦災で焼けてしまって残っていない。

その後光太郎は、大正二年に「ヒューザンの会」に塑像「男の首」を出典、会を解散してから五月に入ると岸田劉生と「生活の社」を起こした。

大正元年から大正二年までの詩（「冬の朝の目覚め」、「深夜の雪」、「人に」、「人類の泉」）はいずれも光太郎の智恵子に対する愛の歓喜が謳われている。この時期は愛に満たされた幸福を素直に謳った詩がたて続けに作られ、まさに**光太郎と智恵子の有頂天時代だった**。この有頂天時代について、大島裕子は次のように解説している。


「大正二年三月、光太郎は詩『人類の泉』で『あなたは私の半身です（中略）あなたは私のために生まれてきたのだ』とおおらかに智恵子の愛を詠い上げながら、同じ三月『女みづから考へよ』という評論では、『男は女の都合を考へて進んでゆきはしない。ただ人間として生を生かす為めに刻下に燃えながら進んでゆく』と述べ、同様に女性にも、『男に顧慮して居ては、とても本当の進み方はできないと思ふ』と、寄りかからない男女のあり方を説いている」（大島龍彦・大島裕子、前掲書）

また光太郎が智恵子に惹かれた理由を湯原かの子は次のように分析している。

「西洋的な自己確立をしようとしていた光太郎にとって、自分の生き方を受け入れてくれ、近代的な男女関係を実現できる伴侶は是非必要だったろう。しかも智恵子はモンダンガールのうわべのしたたに、みちのくの童女のようなひたむきさと純朴さをあわせもつ、内に芯の強さを秘めながら、『青鞜』の運動に加わって声高に女性解放を叫ぶ類いの自己主張はせず、黙って自分についてきてくれそうな古風な面も持ち合わせていた。

光太郎にとって、母親が無意識の〝母なるもの〟を、姉が理知的で知性的な女性を、そして少女がエロス的なものを体現することはすでに指摘したが、智恵子はまさしく光太郎が無意識のなかに抱いていた。母と姉と少女を兼ね備えた女性の理想像と矛盾しない女性だったのだ」(『高村光太郎』ミネルヴァ書房)

結論を言えば、この時期、光太郎は愛に目が眩みながらも智恵子にさまざまな注文をつけているのである。母を演じ、少女を演ずることを要求しながら、自立して生きよと突き放す。関白宣言を行ないながら、男女平等を説く。他にも光太郎は、二人の関係は創造の同志であると同時に平等な恋愛関係にあると見なしているが、そこに夫婦という意識はない。つまり配偶者に課せられているさまざまな義務を最初から放棄して一緒になると宣言しているのだ。それを光太郎は詩にして印刷する。印刷されればもう話し合う余地はない。智恵子のほうがただ従うだけだ。彼女はひたむきな純朴さを持っていたから。

かくて**有頂天時代の最後を飾る長期の上高地旅行**が始まる。これは光太郎が先に出掛け、智恵子が後を追いかけた写生旅行だった。犬吠岬でもそうだが、光太郎はいつも先に出向き、後から智恵子に追いかけさせて気持ちを確かめるという癖があった。
なお、この時郷里の両親に金を無心する智恵子の手紙が残っている。この時の智恵子は色々な意味で勝負をかけていたようだ。
そしてこの地で二人はようやく結ばれる。そう思われる理由は、これ以降、光太郎の詩に急に性がテーマとして浮上してくるからである。次の詩はこの年の冬に書かれたものである。

僕等

（前略）
あなたのせつぷんは僕にうるほひを与へ
あなたの抱擁は僕の極甚《ごくじん》の滋味を与へる
あなたの冷たい手足
あなたの重たく　まろいからだ
あなたの燐光のやうな皮膚
その四肢胴體をつらぬく生きものの力
此等はみな僕の最良のいのちの糧《かて》となるものだ
（後略）

（大正二年十二月）

さらにこれから十二年後、光太郎は次のような詩を書いてこの時のことを回想している。それはこんな詩だ。

狂奔する牛

ああ、あなたがそんなにおびえるのは
今のあれを見たのですね。
まるで通り魔のやうに、
この深山のまきの林をとどろかして、
この深い寂寞《じやくまく》の境にあんな雪崩をまき起して、
今はもうどこかへ往つてしまつた
あの狂奔する牛の群を。
（中略）
あなたがそんなにおびえるのは
どつと逃げる牝牛の群を追ひかけて
ものおそろしくも息せき切つた、
血まみれの、若い、あの変貌した牡牛をみたからですね。
けれどこの神神しい山上に見たあの露骨な獣性を
いつかはあなたもあはれと思ふ時が来るでせう、
もつと多くの事をこの身に知つて、

いつかは静かな愛にほほゑみながら――　（大正十四年六月十七日）

上高地の写生旅行は事実上の新婚旅行といえるが、早速この二人の動きは世間にリークされ、九月五日の『国民新聞』にまた中傷記事が書かれる。その内容は、「新しい女」が美術界の御曹司と「別居結婚」していると喧伝するゴシップ記事だった。

この記事を書いたのは、記事の中に出てくる窪田空穂であると光太郎は信じているが、当時は結婚前の女が男と過ごすこと自体が不道徳なことだったので、籠絡したのは智恵子のほうであるという見方が世間に定着する。ちなみに『国民新聞』はこの頃藩閥政府の御用新聞として機能していた。

弟豊周によれば、この頃高村家は親戚の藤岡福三郎に智恵子の家の内偵調査をし、悪い評判を聞きつけて光太郎に思いとどまるよう諫言したようだ。この時期のことについて、光太郎は次のように回想している。

「それ以来私の両親はひどく心配した。私は母に実にすまないと思つた。父や母の夢は皆破れた。所謂洋行帰りを利用して彫刻界へ押し出す事もせず、学校の先生をすすめても断り、然るべき江戸前のお嫁さんも貰はず、まるで了見が分からない事になつてしまつた」（「智恵子の半生」）

この回想は後講釈というものであって、当時の光太郎にすればもはや智恵子なしでは生きられなかったろう。かくて光太郎は両親に結婚を申し出、家督一切を弟夫婦に譲ることを表明する。

これを両親は仕方なく承認し、いわゆる勘当騒ぎは起こらなかった。

その後光太郎は上高地で描いた絵を十月に開かれた「生活の社」展で発表するが、智恵子のほうは上高地で描いた油絵三枚を文展に応募している。しかしこの時はすべて落選で終わった。その落選理由の一つに光太郎があった。光太郎は文展を「残薄卑俗な表面芸術の勧工場」と、一刀両断に貶していたからである。文展に智恵子が出典しなければならなかった理由は、それを金無心する口実にしていたからである。この落選は十月十九日の『美術週報』に名指しで公表された。これは智恵子の心を傷つけた。してみれば、**二人の恋は、古い体制との熾烈な闘いでもあった。**

なお現在、この頃智恵子が描いた油絵が三枚残されている。いずれも友人にあげたもので、さほど力が入った作品ではない。セザンヌとゴーガンを真似て二で割ったような静物画だ。それ以外はすべて空襲で焼けてしまったか、破棄された。どうやら光太郎は智恵子の油絵を愛していなかったようだ（一説には、絵を破棄したのは智恵子であるとする説がある）。

翌大正三年には『スバル』に代わって『我等』が創刊されるが、そこに光太郎は「冬がきた」などの詩を発表する。そして新たな油絵画会を設立、九月には智恵子が『家庭週報』に詩を発表、光太郎は十月に詩集『道程』を出版、その後結婚を披露した（十二月二十二日）。この上野精養軒で開かれた披露宴には柳夫婦も参列、光太郎は彼らに感謝の手紙をしたためている。この結婚式の参列者は父光雲の関係者が多かったようで、どうやら父のために開いた結婚式のようだ。

ただこの時二人は籍を入れなかった。夫婦別姓で通したのである。二人は芸術を志す者の共同生活を夢想していたのかもしれない。しかしここで問題が発生する。籍を入れないということは、子どももつくらないということになるからだ……。

＊映画化のポイント5

光太郎と智恵子の恋愛初期を映画に描くとすれば、やはり二人の駆け引きを中心に描くことになろう。その際、光太郎の詩と新聞の中傷記事をどう扱うかがポイントとなる。詩は朗読という手があるが、中傷記事は中身をみせなければ状況は伝わらない。この文字をどのような形で映像化するかが考えなければならない。もちろん台詞の遣り取りで表現することも可能である。

また智恵子が火炙りになる光太郎の夢は、欠かすことができないワンシーンだ。後でその夢がもう一度再現するからである。

智恵子と光太郎が上高地で結ばれるシーンも重要だ。その際、「狂奔する牛」を画面に出す必要があるだろう。そして親との確執、結婚までが流れるように描かれなければならない。起承転結で言えば、この恋愛時代が承の部分となる。

（3）智恵子との生活

こうして光太郎と智恵子の結婚生活が始まる。結婚生活を振り返ると、それはほぼ三期に分けることが可能だ。**安定期、変容期、崩壊期である。起承転結でいえば、安定期と変容期が転、崩壊期が結となる。**

①安定期

大正三年に初の詩集『道程』を上梓してから、大正九年までの七年間、光太郎はあまり詩を作っていない。油絵と彫刻の制作に打ち込んでいる。彫刻は「園田孝吉胸像」、「今井邦子像」他たくさん仕上げている。光太郎の人生を俯瞰すると、どちらかといえば**精神の危機に陥った時に詩を作り、精神が安定している時に彫刻を作る傾向がある**ので、この時期は智恵子との生活に充足を感じ、精神の危機に見舞われなかった時期と考えることができる。この間の重要な仕事は、歌人の内藤振策が経営する叙情詩社からの歌集の出版、『ロダンの言葉』の刊行である。多くの研究者が、ロダンが光太郎に与えた影響を詳細に分析しているが、この本ではそこを素通りすることを許していただきたい。

一方智恵子も、この時期、必死に芸術家として自分の創作に打ち込んでいる様子がうかがえる。智恵子は大正五年にインタビューで次のように答えている。

「ロダンを思うことは私の栄光である。セザンヌもまた、親しく自分のいまの生活に、糧となって輝いている」(「女流作家の美術観」『美術週報』所収、大正五年二月)

「女になることを思うよりは、生活の言動はもっと根源にあって、女ということを私は常に忘れています」(「女なることを感謝する点」『婦人週報』所収、大正五年五月)

「ああ、恋愛と芸術と、私にはこれを同時にお答えする他しかたありません」(「私の最も幸福と感じた時」『婦人週報』所収、大正五年六月)

しかし一見安定期とも思われるこの時期に、**すでに後の不幸を招来する萌芽が兆し始める**。それはどのような意味においてか。

ここでもう一度結婚生活が始まった大正三年に立ち戻って考えてみよう。まずこの年には光太郎によって官能愛を謳う詩が何編か作られている。

愛の嘆美

底の知れない肉体の慾は
あげ潮どきのおそろしいちから——
なほも燃え立つ汗ばんだ火に
火竜《サラマンドラ》はてんてんと躍る
(中略)

われらの皮膚はすさまじくめざめ
われらの内臓は生存の喜にのたうち
毛髪は蛍光を発し
指は独自の生命を得て五体に匍《は》ひまつはり
道《ことば》を蔵した渾沌のまことの世界は
たちまちわれらの上にその姿をあらはす
（中略）
われらは雪にあたたかく埋もれ
天然の素中《そちゅう》にとろけて
果てしのない地上の愛をむさぼり
はるかにわれらの生《いのち》を讃《ほ》めたたへる

（大正三年二月）

晩餐

（前略）
われらの晩餐は
嵐よりも烈しい力を帯び
われらの食後の倦怠は
不思議な肉慾をめざましめて

豪雨の中に燃えあがる
われらの五体を讃嘆せしめる
まづしいわれらの晩餐はこれだ

（大正三年四月）

淫心

をんなは多淫
われも多淫
飽かずわれらは
愛慾に光る
（中略）
をんなは多淫
われも多淫
淫をふかめて往くところを知らず
萬物をここに持す
われらますます多淫
地熱のごとし
烈烈――

（大正三年八月）

見てわかるように、これほどあからさまに自分の性生活を公に晒すというのは、日本文学において他に類例を見ないような気がする。こうした詩が大正時代に作られていたこと自体驚きであるが、**なぜ光太郎は性生活を公に晒さなければならなかったのか**。光太郎は、やはり劇場型恋愛を楽しんでいたのだろうか。今でいう芸能人カップルのように、恋愛を演じて視線を浴びる喜びに浸っていたのだろうか。それとも、こうした詩を発表することで世間と戦っていたのだろうか。

実際には、「淫心」は最初の『智恵子抄』から除外されている（59頁参照）ことから、光太郎自身がこの詩を発表したことを後になって後悔したことがわかる。その時は周囲の期待に応じ、つい調子に乗って発表してしまったのかもしれない。

この件について郷原宏は、二人の恋愛を、平塚らいてうと森田草平が起こした心中未遂事件と並べて、「近代的な観念によって演じられたドラマ」（『詩人の妻　高村智恵子ノート』未来社）と措定している。確かに私生活を公に晒すことは、芸術家の特権といえるかもしれないが、ここからも、光太郎にとっての智恵子は、いわゆる普通の「妻」ではなかったことを意味している。しかしここで問題が発生する。**智恵子はこれをどう感ずるか**である。

現実には光太郎と交際を始めてから新婚生活まで、智恵子は常に非難や好奇の目に晒され、心休まることのない日々を送っていた。しかもこの頃、智恵子の心を痛める出来事が発生する。妹セキが恋愛に躓いて突然渡米するのである。これも世間のゴシップネタとなっていた。セキとは光太郎を愛するようになってからずっと一緒に暮らした仲だっただけに、彼女を失ったことは大きな心の支えを失うことでもあった。

数々の証言によれば、結婚後の智恵子は極度の対人恐怖症に陥っている。そして光太郎に客人が来ることを好まなかったようだ。もともと智恵子は無口だったといわれているが、女学校時代はテニスに乗馬、演劇、美術と、活発な側面も持っていた。それが光太郎と一緒になってからは、部屋の中に籠りきりの「奥様」に変身してゆく。

平塚らいてうは「ご結婚の知らせは直接には青踏社へも、わたくしにも、また社員のだれにも来ませんでした。そしてそれ以来、智恵子さんはわたくしたちから完全に消えてしまいました」（『高村智恵子さんの印象』）と記している。

また光太郎の友人だった江口渙（小説家）は、この頃の智恵子について次のように証言している。

「高村光太郎はその頃、のちの『智恵子抄』の女主人公長沼智恵子と結婚したばかりだった。そのことは、彼が『スバル』に、『男も多淫、女も多淫』というような言葉の見える詩をかいていたことでも私はしっていた。私たち三人が、ぞろぞろアトリエに入っていったとき、長沼智恵子からあたえられた第一印象ははなはだ特異なものだった。

高村光太郎は『スバル』の同人であるかんけいで、きげんよく江南夫婦を迎えた。ところが長沼智恵子のほうは全然反対だった。北向きに高い窓のならんでいるそのアトリエの一とう東の端の窓ぎわにある机に向かって本をよんでいた。そして私たちの存在に気がつきながら、全然ふりかえろうともしなかった。

『智恵子さん。この方が江南文三君ご夫妻ですよ』

高村光太郎が特徴のある金属性のほそい声で丁重によびかけても、ただ一度、ちらりとふり向いただけだった。そして、そのまま本によみふけった。それが帰るときまで、およそ一時間もつづいた」。（江口渙『わが文学半生記』青木文庫、一九五三）

続いては深尾須磨子による大正十一年春、千葉県のホテルで与謝野晶子夫妻他十数人と宿泊した時の回想だ。

「人びとは階上の日本座敷にあつまり、与謝野晶子夫妻を囲んで歌を作っていた。光太郎も同席して歌をよんだが、智恵子は疲れていたので食後の散歩にも、歌の仲間にも加わらず、早めに眠ってしまったと、翌朝きかされた」（深尾須磨子「高村光太郎」北川太一編『高村光太郎資料第六集』所収）

同じく室生犀星と尾崎喜八の記。

「ツメタイ眼は夫のほかの者を見る時に限られている」（室生犀星『わが愛する詩人の伝記』）
「智恵子さんには社交的な面がほとんど無かった」（尾崎喜八『智恵子さんの思い出』）

これらのエピソードは、智恵子の対人関係における不器用さを伝える話の一つである。光太郎は局面に応じて誰とでも対応できるのに対し、智恵子のほうは、人見知りのために簡単には社交辞令を言えなかったのだ。

それにしても、この話からわかることは、光太郎と一緒になってから一年もしないうちに**智恵子はすっかり人嫌いになっていた**ということだ。当時智恵子はゴシップ記事や中傷に苦しみ、世間の晒し者となって好奇の目と戦わねばならなくなっていた。こうなると、人に会うのが嫌になるのも自然の理で、いわゆる鬱病のパニック障害とまではいかないにせよ、「新しい夫婦関係」の実験は、智恵子に対人恐怖症という副作用を招来させたことは間違いない。

そうした対人恐怖症に陥った智恵子であったが、親しい者には胸襟を開いていた。それを裏付ける証言が次のものである。

「けんども何んか内から沸くように言葉が次々にほとばしり出るような場合もあった」（草野心平「悲しみは光と化す」新潮文庫版『智恵子抄』所収）

「率直で、清潔で、上品で、それでいて一種の暖かさ、親しさが、常に彼夫婦の周辺に漂っていた」（中村一六「天弦堂の想い出」北川太一編『高村光太郎資料第六集』所収）

次の問題は窮乏生活の始まりである。この時期、二人はともに油絵や彫刻の制作に必死に打ち込むが、それはあまり金にならず、翻訳や評論も書いているが、これも生活の足しにはならないことがすぐ判明する。大正六年には傑作「手」他を並べて彫刻頒布会を開くが、それも不発に終わった。

二人の新婚生活の実態は、ともに実家の援助で食いつないでいたとみなすのが妥当だ。当初、二人が共に創作に打ち込むため、お手伝いさんを雇っていたが、これも給金を払えず、すぐに家事は智恵子の仕事になってゆく。加えて光太郎と智恵子が二人の世界に閉じこもってしまったため、二人は世間から隔絶された状態で過ごし、それがますます窮乏を助長していった。外から仕事がだんだんと入らなくなっていったからである。その結果、やがてモデルも雇えない状態に陥っていく。

光太郎研究の第一人者である北川太一は、真壁仁が光太郎から聞き出した話として、智恵子が、光太郎がモデルを雇うことに我慢できなかったと記している。モデルに嫉妬されては裸婦像が作れなくなるが、ある時から智恵子がモデルを務めるようになり、そのことで智恵子から絵を描く時間が奪われていった。

そうでなくとも、この時期に芸術家智恵子が破産していく。この時期、智恵子も必死に油絵を描いていた。しかし油絵というのは材料費に莫大な金がかかり、売れもしないのに油絵を描き続けることは難しい。

これについては、智恵子が家事労働やモデルを押し付けられたために絵を描くことができなくなったという見方をする人がいる。しかしそれは正しくない。家事をしながら絵を描く女性はたくさんいるし、いつもモデルを務めていたわけではない。

この話の真相（画家智恵子の破産）は、結局智恵子の力量不足としかいいようがないだろう。光太郎も「彼女は色彩について実に苦しみ悩んだ。そして中途半端の成功を望まなかつたので自虐に等しいと思はれるほど自分自身を責めさいなんだ。（中略）彼女は最善をばかり目指してゐたので何時でも自己に不満であり、いつでも作品は未完成に終つた」（「智恵子の半生」）と述べている。

実際油絵を一度でも描いた経験がある者なら理解できるが、油絵というのは、長い修練を必要とする表現形態なのである。油絵具は混ぜると変色するので絵具の使い方を理解するだけでも何年もかかるのだ。中村不折がエメラルド・グリーンを使うなと指摘したのはおそらく技術的な話だった。エメラルド・グリーンは混ぜるとたちまち黒く変色し、色が消えてしまうからだ。ところが単色で使うと、あまりに強烈で、絵の全体のバランスを崩してしまう。絵具の使い方については、光太郎も智恵子に度々アドバイスをしているが、智恵子は指導を受ければ受けるほど、描けなくなったに違いない。もともと智恵子は、雑誌の装飾的な表紙絵などが得意だったが、油絵は得手ではなかった。

さらにもう一つの驚くべき証言が登場する。


「福島女学校時代下宿で机を並べていた親しくつき合い、卒業後も親交があった上野ヤスさんは意外なことを話されたのである。（中略）ヤスさんは智恵子から『私は色盲なのだ』と聞かされていた」（佐々木隆嘉『ふるさとの智恵子』桜楓社、昭和五十三年）

色盲までいかなくとも、智恵子は色弱だった可能性がある。こうなると、もはや油絵を描くことは難しい。

しかも問題は色だけではない。これについては、田村俊子の小説『悪寒』の中でも、智恵子と思しき女友達がよこした手紙の中で、智恵子の苦悩を語らせている。その中で、女友達は、「今の私には歌おうとする何ものも持っていないのです」と告白する。これは技術以前の問題だ。

簡単にいえば、智恵子には油絵の才能がなかっただけでなく、表現したいものもなかったということに尽きる。たしかにイラスト画家の道はあったろうが、光太郎と二人で芸術の頂を極めることは無理な話だった。ましてやパートナーが光太郎であれば尚更だ。

一般に芸術家夫婦というのはどちらかが破産する。与謝野晶子の場合は夫の鉄幹を食ってしまったが、智恵子の場合は光太郎に食われるのは目に見えていた。だから智恵子が自ら絵筆を折るのは時間の問題だった。

光太郎の証言に拠れば、この頃智恵子はまた文展に応募して落選しており、それ以来油絵を描かなくなったようだ。断腸の思いだったに違いないが、その決断は智恵子がしたのである。

そして最後は、**智恵子の健康状態の悪化と家の不幸の始まり**だ。彼女の肋膜に異常が発生したのは結婚を披露した翌年で、それから毎年調子が悪く、大正八年には、子宮後屈症のために入院し、肋膜炎でも入院している。

大正七年には妹ミツ（大正十一年死亡）に離婚話が持ち上がり、父朝吉が死亡する。そして大正八年には妹千代が亡くなっている。

こうした諸々の問題に対し、光太郎が適切に対処した形跡はない。普通であれば、智恵子を挿絵画家に転身させるとか、自ら定収を得るために彫刻学校の先生になるといった発想も生まれようが、光太郎にはそうした発想はみじんも浮かばなかった。強靭な精神力を持ち、生活より芸術のほうが優先という原理に従って生きていたからである。

＊映画化のポイント6

光太郎と智恵子の結婚生活は、愛欲生活から始まって、開始早々さまざまな問題に直面していく。それらの問題はすべて後の結婚生活の破綻に直接結びつく要因となっている。しかしながらここも第二部の柱ではない。したがって、本文に記されたエピソード（世間との隔絶、創作の苦悩、貧困、健康状態の悪化、家族の不幸）を過不足なく、流れるように配置してゆく手法が望まれる。

②変容期

大正十年から昭和三年までの八年間は、光太郎が再び詩を発表し、後に「**猛獣篇時代**」と称される時期に突入する。この時代は動物に仮託しながら自己を描くという詩を多作する。またこの時期光太郎は、ロダンの影響を脱し、ヴェルハーレンの詩の翻訳と、ロマン・ローランの翻訳に取り組んでいる。前者は『智恵子抄』の原型ともいわれ、比較文学の格好の研究題材となっている。また後者は、光太郎と白樺派の思想形成に絶大な影響を及ぼしたとされ、これも文学研究の重要なテーマとなっている。

光太郎にとって、この時期は充実した一時であったが、智恵子はこの段階で、早くも機織りや草木染めの仕事を始めるようになる。それを生活の足しにしようと考えたからである。二本松の「智恵子記念館」には復元した機織機が展示されているが、それはかなり大きなもので、智恵子はそれを東京に送らせた。

佐藤春夫の小説『小説　智恵子抄』にはこの機織りの描写が事細かに記されており、智恵子の織り姫転身は当時相当の話題を振りまいたと思われる。私は記念館の方に「機織りで金になったんでしょうか」と尋ねたところ、記念館の方は首を振って否定された。つまり機織りは生活の足しにはならなかったということである。この結果、いわゆる服や着物の売り食いが始まってゆく。

加えて、病魔は容赦なく襲いかかってくる。大正十一年から十二年かけて、智恵子はたびたび療養のために故郷で過ごすが、高田博厚の証言によれば、その日数は長く、何カ月にも及んだようだ（『彫刻家高村光太郎と時代』読売新聞社）

当時は嫁が体調を崩せば、実家がその面倒を見るのは普通のことだった。しかし大正七年に智恵子の父が死亡しており、智恵子も簡単には家に帰れない状況が発生していた。

この時期、智恵子は『女性日本人』、『女性』、『婦人之友』、『読売新聞』などにたびたび文章を書いているが、そこで目を引くのは、自分の病魔を呪う文章を載せていることだ。次の文章は『女性』に掲載された「病間雑記」の引用である。


「冬の最中だった。痛みは暗く鋭く辛辣に、日夜、全身を荒々しく貫いて走る」

「そして暗闇のなかから幽かにさしそめる輝くものこそ人の世には厭わしく、自分にとつては唯一の救いである死であった」

「牽制されず、自縄しない自由から自然と湧き上がるフレッシュな愛に、十年は一瞬の過去となって、その使命に炎を投げる」（『女性』大正十二年一月）

この時期に早くも死の匂いが漂っているのは驚かされるが、同時に光太郎との愛を謳っている。なおこの時期の智恵子の健康状態の悪化については、光太郎も戦後次のように回想している。

「学校時代には彼女は相当に健康であつて運動も過激なほどやつたやうであるが、卒業後肋膜にいつも故障があり、私と結婚してから数年のうちに遂に湿性肋膜炎の重症にかかつて入院し、幸に全治したが、その後或る練習所で乗馬の稽古を始めた所、そのせゐか後屈症を起して切開手術のために又入院した。盲腸などでも悩み、いつも何処かしらが悪かつた」（「智恵子の半生」）

大正十二年春には智恵子が療養していた実家を光太郎が訪ねている。妻の実家を訪問したのは、この時が最初だった。そしてこの時のことを詩にしたのが、有名な「樹下の二人」である。

樹下の二人

――みちのくの安達が原の二本松
松の根かたに人立てる見ゆ――

あれが阿多多羅山《あだたらやま》、
あの光るのが阿武隈川。

かうやつて言葉すくなに坐つてゐると、
うつとりねむるやうな頭の中に、
ただ遠い世の松風ばかりが薄みどりに吹き渡ります。
この大きな冬のはじめの野山の中に、
あなたと二人静かに燃えて手を組んでゐるよろこびを、
下を見てゐるあの白い雲にかくすのは止しませう。
（中略）
ここはあなたの生れたふるさと、
あの小さな白壁の点点があなたのうちの酒庫《さかぐら》。
それでは足をのびのびと投げ出して、
このがらんと晴れ渡つた北国の木の香に満ちた空気を吸はう。
あなたそのもののやうなこのひいやりと快い、
すんなりと弾力ある雰囲気に肌を洗はう。
私は又あした遠く去る、
（後略）

（大正十二年三月）

この詩には、愛する者を生んだ自然に対する畏敬の念が素直に表明されている。そして智恵子は既に何かこの世の存在ではない趣を漂わせている。病魔から抜け出てきた者が湛える幽玄さとでも形容しておこう。光太郎によれば、鬼伝説がある安達が原の二本松に立つ智恵子を遠くに眺め、その場で歌を作ったようだ。そして詩は後から作った。まるでこの後智恵子が狂気に陥ることを予告しているような詩であると評する人もいる。

かくて智恵子は東京に戻ってくるが、大正十二年九月における雑誌『女性』のインタビュー「生活の倦怠を如何にして救うか」に対し次のように答えている。

「第一は必要以外は何物も持たないこと（中略）つまりは貧乏なこと。第二は本能の声を無視しないこと。第三はどんな場合にも外的な理由に魂を屈しないこと。そして最後は赤裸々なこと」

しかし運命は智恵子をさらに過酷な状況に追い込んでいく。その年の九月、関東大震災が発生、この時は光太郎が智恵子の実家の酒を仕入れてアトリエで売ったりしているが、所詮は武士の商法に過ぎなかった。

一方智恵子の実家も、父亡き後に日ごと傾いていった。二本松の大火後に起こった売掛金の消失、何度も白紙委任状に印を押す弟啓助の乱脈経営、末弟修二が起こす不祥事、妹ミツの死と、実家の不幸が立て続けに智恵子を苦しめることになる。この流れを見ると、神はあらかじめ智恵子を生け贄にすることに決めていたようだ。この間、智恵子は『婦人之友』に大杉栄虐殺事件を糾弾する文章を発表している。

一方光太郎は、この時期小さな木彫りをたくさん制作し始めるが、これは生活の資を得るために作ったもので、それなりの成功を収めた。彫刻もそれなりの作品を作っている。

光太郎はそんな生活の中で、再び北海道移住を夢想し、エスペラント語を学習したりするが、貧乏を礼賛してきた光太郎も、さすがにこの時期は困り果てたようだ。そうした彼の苦境が現れたのが次の一連の詩だ。

金

工場の泥を凍らせてはいけない。
智恵子よ、
夕方の台所が如何に淋しからうとも、
石炭は焚かうね。
寝部屋の毛布が薄ければ、
上に坐蒲団をのせようとも、
夜明けの寒さに、
工場の泥を凍らせてはいけない。
(後略)

(大正十五年二月)

まさにこの詩は、芸術至上主義が貧乏を前に破綻していく様《さま》が描かれているが、この現実に対し、智恵子は「こうなったのは誰のせい」とは言い返せなかったろう。またこんな詩もある。

鯰

盥《たらひ》の中でぴしやりとはねる音がする。
夜が更けると小刀の刃が冴える。
木を削るのは冬の夜の北風の為事《しごと》である。
煖炉に入れる石炭が無くなつても、
鯰よ、
お前は氷の下でむしろ莫大な夢を食ふか。
檜の木片《こつぱ》は私の眷族《けんぞく》、
智恵子は貧におどろかない。
（後略）

（大正十五年二月）

この鯰というのは、光太郎が彫っている売り物の木彫り彫刻である。この彫刻を彫りながら、悴む手を労る光太郎の姿が沸々と浮かんでくる。そうした貧困は、光太郎に死の幻覚を浮き上がらせるが、それが次の詩だ。

夜の二人

私達の最後が餓死であらうといふ予言は、

しとしとと雪の上に降る霙《みぞれ》まじりの夜の雨の言つた事です。
智恵子は人並はづれた覚悟のよい女だけれど
まだ餓死よりは火あぶりの方をのぞむ中世期の夢を持つてゐます。
私達はすつかり黙つてもう一度雨をきかうと耳をすましました。
少し風が出たと見えて薔薇の枝が窓硝子に爪を立てます。
（大正十五年三月）

この詩が書かれた直前に、光太郎は築地小劇場でバーナード＝ショーの『聖ジョオン』を観ている。智恵子に対して、「餓死より火あぶりで」という暗示をかけているような詩だが、智恵子は結婚前にすでにその暗示にかけられていたことは既述した通りである。

なおこの年、アトリエの二階を改造して二階が智恵子専用のアトリエとなった。アトリエといっても、機織りの機械をそこに移動しただけの話であったが。おそらくこの改築は光雲の援助によるものだろう。智恵子は母に次のような手紙を送っている。

「質素にして働くことをよろこび、なにかしらの仕事をして死にたい願だけです」（九月十三日）

この後、二人は寝室も分けて、別々な生活を始める。大正九年には、光太郎は「母性のふところ」という文章を書いているが、そこで「人は年を取るに従ってだんだん強く、ふかく、烈しく、母の愛を思うようになる」と書いている。新しい男女関係を目指した光太郎が、母帰りに向かってゆく様《さま》に、智恵子も戸惑ったに違いないが、この翌年、光太郎の生活を隠れて支えていた母のわかが没する。
こうして二人の生活は、静かに破綻に向かってゆく。次の詩は嵐の前の静かな一時に書かれたものだ。

あなたはだんだんきれいになる

をんなが附属品をだんだん棄てると
どうしてこんなにきれいになるのか。
年で洗はれたあなたのからだは
無辺際を飛ぶ天の金属。
見えも外聞もてんで歯のたたない
中身ばかりの清冽な生きものが
生きて動いてさつさつと意慾する。
をんながをんなを取りもどすのは
かうした世紀の修業によるのか。
あなたが黙つて立つてゐると
まことに神の造りしものだ。
時時内心おどろくほど
あなたはだんだんきれいになる。

（昭和二年一月）

この詩が発表された一月後、智恵子によって書かれた最後の文章が『婦人之友』に発表された。

「私は次の画を考えるだろう。セザンヌの画に興奮するだろう。自然の美しさにいつでも驚くだろう。人にそれを話すだろう。いまも随分ありがたい。だが明日のために祈ろう」

もはや祈るだけという突き抜けた感覚は、それだけ二人の生活が追い詰められていた証だろう。もしかすれば母亡き後、光太郎に対する実家の援助が断ち切られていたのかもしれない。それは智恵子も同じだった。私は『智恵子抄』の中でも、これらの生活感が滲み出た一連の詩が好きだ。飾りはなく、そのままの二人が浮き上がってくるからだ。

しかし**この静かな絶望の果てに、さらなる絶望が智恵子を襲うことになる**。昭和三年、智恵子の実家の家屋一部が福島区裁判所の決定で仮押さえ処分を受けるのである。その翌日、光太郎は次の詩を書いた。

あどけない話

智恵子は東京に空が無いといふ、
ほんとの空が見たいといふ。
私は驚いて空を見る。

桜若葉の間に在るのは、
切つても切れない
むかしなじみのきれいな空だ。
どんよりけむる地平のぼかしは
うすもも色の朝のしめりだ。
智恵子は遠くを見ながら言ふ。
阿多多羅山の山の上に
毎日出てゐる青い空が
智恵子のほんとの空だといふ。
あどけない空の話である

（昭和三年五月）

この詩については何人もの方が解釈を加えているが、ここでは郷原宏の解釈を一つ載せておく。

「彼女は作品の方へ自分を引き寄せて、ますます（あどけない）女を演ずるほかに方法がなかった。その演技の果てにあらわれたのが（あどけなさ）の極致としての狂気だったとすれば、私たちはこれを（あどけない話）として見過ごすわけにはいかないのである」（『詩人の妻　高村智恵子ノート』未来社）

かくて**物語は破局に向かって進んでゆく**が、破局が訪れる前の静かさを描いたのが次の詩であった。

同棲同類

――私は口をむすんで粘土をいぢる。
――智恵子はトンカラ機《はた》を織る。
――鼠は床にこぼれた南京豆を取りに来る。
――それを雀が横取りする。
――カマキリは物干し綱に鎌を研ぐ。
――蠅とり蜘蛛は三段飛。
（中略）
油蝉を伴奏にして
この一群の同棲同類の頭の上から
子午線上の大火団がまつさかさまにがつと照らす。

（昭和三年八月）

＊映画化のポイント7

二人の結婚生活が破綻に向かってゆく様は、説明的な台詞のやり取りは極力避け、映像だけで静かに語るべき箇所である。シーンとしては次のようなものが浮かぶ。

機を織る智恵子、病魔に襲われる智恵子、故郷での療養と安達太良山、石炭と木彫りの話、あどけない話、同棲同類などである。これらのエピソードを淡々と並べて生活が破綻してゆく様を描かねばならない。ある部分を強調するのではなく、静かに、淡々と。

③崩壊期

昭和四（一九二九）年に智恵子の家が破産してから、智恵子の病気が再発し、翌年から**智恵子の精神状態が不安定になる。**昭和四年の一年間、光太郎は智恵子の変調に戸惑いながら、智恵子のことを詩にしていない。詩作そのものが減っているが、そうした光太郎の心境を表したのが次の詩だ。

孤独が何で珍しい

孤独の痛さに堪へ切つた人間同志の
黙つてさし出す丈夫な手と手のつながりだ
孤独の鉄《かな》しきに堪へ切れない泣虫同志の
がやがや集まる烏合の勢に縁はない
孤独が何で珍しい
（後略）

（昭和四年）

この間、智恵子の母せん子とミツの娘春子は実家を出て、福島にいた妹セツが嫁いでいた斎藤聞こえてくる。

新吉一家の世話になる。昭和五年に母に宛てて書いた手紙からはこの頃の智恵子の悲痛な叫びが

「此度という今度は決して私に相談しないでください。（中略）よしんば親や夫が百万長者でも、女自身に特別な財産でも別にしてない限り女は無能力者なのですよ。からだ一つなのですよ。（中略）なかなか人の世話どころの身分ですか」（昭和五年一月二十日）

実家の災難で打ちのめされた智恵子に、光太郎が何がしかの救いの手を差し伸べたかといえばそれはなんとも言えない。ただこの時期、光太郎の家庭が日ごと暗くなっていったことは間違いない。この時期に書かれた光太郎の詩にそれが現れている。

美の監禁に手渡す者

納税告知書の赤い手触りが袂《たもと》にある、
やつとラヂオから解放された寒夜の風が道路にある。

売る事の理不尽、購ひ得るものは所有し得る者、
所有は隔離、美の監禁に手渡すもの、我。

両立しない造形の秘技と貨幣の強引、
両立しない創造の喜と不耕貪食の苦さ。

がらんとした家に待つのは智恵子、粘土、及び木片《こっぱ》、
ふところの鯛焼はまだほのかに熱い、つぶれる。

（昭和六年三月）

この詩には芸術と生活が両立しない現実に対する光太郎の深い絶望感が現れている。さらにこの三カ月後、母せん子と春子が身を寄せていた斎藤新吉一家が上京して中野に居を構えるが、智恵子はそのことを光太郎に隠した。この上京は、今でいうところの夜逃げのような上京だったと思われる。

そしてその一カ月後、光太郎が時事新報社の仕事で三陸を回っていた時、智恵子は、留守中アトリエを訪ねてきた母に「あたし死ぬわ」と口走るのだ。この時光太郎は三陸を回って久々の開放感を味わい、次のような文章を書いていた。

「久しぶりに海に出た私はやりきれない程なつかしい滑つこい此の生きた波濤の触覚に寧ろ性欲の衝動を感じる」（「三陸廻り、牡鹿半島に沿いて」）

そしてその一年後、昭和七年七月十五日に**智恵子はアダリン自殺を図り、それが未遂に終わる**のである。佐藤春夫の小説では、光太郎の旅行の最中に智恵子が自殺するよう書かれているが、

これは小説的効果を狙ってそうしたのだろうか。
実は昭和六年八月から七年七月までの一年間について、二人がどのような生活を送ったかよくわかっていない。その間、光太郎はほとんど詩を書いておらず、この一年間の出来事を想像する資料がないのである。なおこの一年の間に、智恵子の精神に異常が現れたとされているが、その実態ははっきりしない。この一年間の夫婦生活がどのようなものであったのか、それが二人の最大のミステリーとなっている。この部分は、シナリオライターの想像が許される部分だが、ブラックボックスのまま流しても良い。ただ自殺未遂の三日前に、智恵子は母に次のような手紙を送っている。

「ながいあいだの病気が暑さにむかつて急にいけなくなつて来ましたので毎晩睡眠薬をのんでゐます。あまりこれをつゞけますからきつといけなくなるとおもひます。もしもの事がありましたら、この部屋をかたづけみなさんでよいやうにきもの其他をしまつして下さい。大そう長い間のことですからいろいろたまつてしまひました。押入れや地袋、ぬりたんす、柳こり、ねだいのうへのものなどみなしまつをつけて下さい。皆さんおからだを丈夫にして出来るだけ働き仲よくやつていつてたのしくこゝろをもつてお暮らし下さい。末ながくこの世の希望をすてずに難儀なかにも勇気をもつてお暮らしなさい。それではこれで　母上様　皆さん　せきさん　修さん　皆さんへよろしく」（七月十二日）

この手紙の文体は、昔の智恵子のような堅いものではない。易しい女言葉で書かれている。また自らを励ます切迫した文体でもない。力は抜けているが、確実に死を決断した者の送別の辞のように見える。ここからも、智恵子の自殺が衝動や発作によるものではないことがわかる。一年間、智恵子は考えに考え抜いたあげく死ぬことを決断したのだ。実際の遺書は服薬後に書いているが、それには光太郎への感謝と光雲への謝罪の言葉が記され、少しも頭脳不調の痕跡は見られなかった（ただし最後は薬がきいて意味不明となった）。

つまり自殺を図った時点では智恵子の頭は明晰だったのである。

これについては従来、自殺未遂以前から統合失調症（分裂病）を発病していたとする考えが流布しているが、かりにそんなことがあったとしても、それは不定愁訴のようなものと推定できる。智恵子は心の病を装いながら、不安を光太郎に訴えていただけだろう。

ただこの頃、既に智恵子は睡眠薬の常習者であったことには留意したい。この薬の常用が智恵子の精神に与えた影響は大きかったのではないかと思う。

閑話休題、昭和七年七月十五日、アダリン自殺を図って未遂に終った智恵子は、一カ月近くに及ぶ入院加療後、八月九日に九段坂病院を退院する。なおこの入院については豊周の次の証言がある。

「精神科の医者も連れてきたが、医者に唾を吐きかけたり、たたいたりの乱暴なことも度々あり（中略）幻覚も相変わらずで、水彩だのパステルだのを使っては、見えるものを写したらしい。『変な絵を描いているんだよ。目に見えるって言うんだ。面白いもんだが』

兄はそんなことを言っていたが、しかし内心は困ったものだという感じを僕は受けた。元来兄はいくら困っても、本当に困ったような顔をしない。窮状を訴える時でも、片一方にえくぼをみせて、ほほえみながら物を言う」(『光太郎回想』有信堂)

ここに描かれている自殺未遂後の智恵子に対する光太郎の態度にはあまり深刻さが感じられない。ただ困惑している、もしくは突き放した感じが窺える。逆に言えば、事態が深刻過ぎるため、逆にこのように振る舞っていたのかもしれない。一つ言えることは、自殺直前、光太郎は智恵子の心身の不調を持てあましていたふしがあることだ。光太郎自身、どうしていいかわからなかったのだろう。

なお退院後の半年間については、これもあまりわかっていないが、やはり光太郎はほとんど詩作品を発表していない。さすがにこの時期は、詩作どころではなかったのではなかろうか。

この間、母一家は世田谷に移り住み、退院後、ほどなくして光太郎と智恵子は草野心平がやっていた新宿の居酒屋を訪れている(十月)。十一月の水野葉周宛ての手紙では、「此頃おおきによくなって僕も元気に仕事にかかってゐます」と報告しているが、半年後の昭和八年五月十一日付長沼せん子宛のはがきには、「まだ頭が疲れてゐる様子で外出が出来ません」と書かれている。しかしこの時点でも、智恵子はまだ異常とはいえないことに留意しなければならない。その後智恵子は元気を取り戻し、光太郎と一緒に草津温泉に出掛けた。

ところが七月五日付水野葉舟宛光太郎のはがきには、「ちゑ子はどうも頭が悪くて一寸心配です。神経を痛めてゐるのでまづ気ながに療養する外ありません」と報告している。この後光太郎は、八月二十三日に智恵子を入籍するが、**この時光太郎は初めて智恵子の年齢を知った**。

それにしても、ここで初めて年齢を知ったということは、光太郎にとっての智恵子は、長い間、通常我々が思い描く「妻」とは別物の存在であったということだろう。なお母たちはこの頃太子堂に転居している。この転居の仕方を考えると、逃げ回っているという感じがする。

その直後、療養をかねて、光太郎と智恵子は猪苗代湖に近い裏磐梯川上温泉、青根温泉、不動湯温泉、塩原温泉を約三週間かけて回ることになる。不動湯温泉に現存する宿帳には、光太郎の筆跡で「智恵　妻　四二」とあるが、この時智恵子の実年齢は四十八歳（数え年）だった。

しかし旅行の最中に智恵子の状態が悪化し、予定を切り上げ東京に戻っている。母のことを思えば、とても温泉巡りを楽しむ気にはならなかったのだろう。ただ旅行の最後の塩原から二人連名の母宛手紙が出されており、それを見ると、ここでも特別異常な状態には見えない。なおこの旅行のことを、光太郎は智恵子の死後に詩にしているが、それが「山麓の二人」だ。

山麓の二人

二つに裂けて傾く磐梯山の裏山は
険しく八月の頭上の空に目をみはり
裾野とほく靡《たなび》いて波うち
芒《すすき》ぼうぼうと人をうづめる
半ば狂へる妻は草を藉《し》いて坐し

わたくしの手に重くもたれて
泣きやまぬ童女のやうに慟哭する
（中略）
――わたしもうぢき駄目になる
涙にぬれた手に山風が冷たく触れる
わたくしは黙つて妻の姿に見入る
意識の境から最後にふり返つて
わたくしに縋《すが》る
この妻をとりもどすすべが今は世に無い
わたくしの心はこの時二つに裂けて脱落し
闃《げき》として二人をつつむこの天地と一つになった。

（昭和十三年六月）

大正十二年に書いた「樹下の二人」と比較すると様変わりの風景だが、明治二十二年、磐梯山は爆発により山容が割れており、その光景と自分の心象を重ね合わせているとされる。この時点で**智恵子は、正気を保ちながらも確実に狂気に近づいている**ことがわかる。

ともあれ、**自殺未遂後の一年間というのは破局前の時間稼ぎという印象**を拭えない。何故なら自殺前と、智恵子の環境は何も変化していないからだ。そして**光太郎の心も二つに裂けて脱落する**。智恵子同様、この時の光太郎の苦しみはいかほどのものか察するにあまりある。

その後、症状は一進一退となる。昭和八年十一月六日付水野葉舟宛封書には、「今ちゑ子は殆と痴呆状態をつづけてゐます。此は体質に潜んでゐた精神病の素質が出て来たのではないかと心配してゐます。遺伝梅毒の懸念を持つて血液検査をしてもらひましたところ此方は痕跡無しといふ事です。年齢上の更年期に来る強い神経衰弱かと思ひますがそれにしては少し度が強過ぎます」と書かれている。また一カ月後の十二月四日付更科源蔵宛はがきには、「去年の夏以来ちゑ子の病気がわるくて此頃では小生一日も外出する事不可能になりました」と記されている。

つまり智恵子は、自殺未遂後一年が経過して、はっきりとした精神異常の徴候が現れ始めたのである。今から考えると、これは投与された薬の副作用を疑うことも可能だが、おそらく智恵子は、この間に、死ねないなら狂うしかないと無意識に思ったのではなかろうか。光太郎はその因を遺伝的な体質に求めているが、これは事態を正しく把握しているとは思えない。必要だったのは、根本的な生活改造だったように思える。

それでも翌昭和九年三月頃には、智恵子はまた持ち直し、機織りを始める（昭和九年三月一日付秋廣朝子宛はがき）。しかしそれも長くは続かなかった。この状況の中で、光太郎の父光雲が健康を害して入院する。この間、母親と妹一家は千葉県九十九里浜真亀納屋という淋しい漁村に流れ着いていた。

それもあって、**昭和九年の五月七日、光太郎は母の家に智恵子を預けることを決断した。**この時のことを光太郎は親友水野葉舟に宛てて、次のように書いている。

「ちゑ子は一時かなりよくなりかけたのに最近の陽気のせゐか又々逆戻りして、いろいろ手を尽したが医者と相談の上やむを得ず片貝の片田舎にゐる妹の家の母親にあづける事になり、一昨日送つて来ました。小生の三年間に亙る看護も力無いものでした。鳥の啼くまねや唄をうたふまねしてゐるちゑ子を後に残して帰つて来る時は流石の小生も涙を流した」（昭和九年五月九日付秋廣朝子宛手紙）

また同じ日に智恵子に宛てた手紙はこうだ。

「節子さんによんでもらつて下さい。眞亀といふところが大変よいところなので安心しました。なんといふ美しい松林でせう。あの松の間から来るきれいな空気を吸ふとどんな病気でもなほつてしまひませう。そしておいしい新しい食物。よくたべてよく休んで下さい。智恵さん、智恵さん」（昭和九年五月九日付けの智恵子宛）

長年連れ添った妻に対してではなく、まるで幼児を諭すようなものの言い方だが、こうした言い方をしなければならぬほど智恵子の病状は進行していたのだろうか。同じ日に母親に宛てた手紙では、具体的な看護について事細かな指示を出しており、この文面から察するに、母に些少のお金を渡していたことが窺える。

「智恵子の半生」によれば、その後光太郎は、薬を持って週一のペースでそこを訪れるが、この時撮影機を買って智恵子を写している。これは何を意図していたのかわからないが、もしかすると詩を書くために写したのかもしれない（なおこのフィルムは戦災で焼失）。ここで智恵子は

「鳥と遊んだり、自身が鳥になつたり、松林の一角に立つて、光太郎智恵子光太郎智恵子と一時間も連呼したりするやうになつた」（「智恵子の半生」）。

また次の詩は、この時期の智恵子を回想し、三年後の昭和十二年七月に書かれたものである。

千鳥と遊ぶ智恵子

人つ子ひとり居ない九十九里の砂浜の
砂にすわつて智恵子は遊ぶ。
無数の友だちが智恵子の名をよぶ。
ちい、ちい、ちい、ちい、ちい——
砂に小さな趾《あし》あとをつけて
千鳥が智恵子に寄つて来る。
口の中でいつでも何か言つてる智恵子が
両手をあげてよびかへす。
ちい、ちい、ちい——
（中略）
人間商売さらりとやめて、
もう天然の向うへ行つてしまつた智恵子の

うしろ姿がぽつんと見える。
二丁も離れた防風林の夕日の中で
松の花粉をあびながら私はいつまでも立ち尽す。

（昭和十二年七月）

ここで我々が注意しなければならないのは、**智恵子が完全に精神病者の様相を呈するのは、九十九里浜に転地した後であるということだ**。それまでの智恵子は、精神に不調はあるものの、精神病の一歩手前で留まっているような気がする。つまり智恵子は、光太郎と離れたことで完全におかしくなったようにみえる。

二〇一六年の冬、私は光太郎の家から九十九里浜を目指した。電車を三回乗り換え、二時間に一本のバスに乗って九十九里浜に辿り着くのに約四時間かかった。光太郎の時代であればもっとかかったろう。

そこは高い山も大きな川もない浜で、その浜に流れ着いた母と妹一家が住む狭い小屋に預けられた智恵子には当然居場所がなかった。だから浜に出て千鳥と戯れたのである。きっとその時の彼女の絶望感は島流しにあった「俊寛」以上のものであったろう。

だが**光太郎はそのことに気づいていない**。

なおその年の十月に父光雲が死に、転地療養も半年を過ぎた頃、**光太郎は、智恵子をアトリエに連れ戻す**（十二月二十日）。おそらく母と妹一家もてあましたに違いない（妹一家には子どもがいた）。次の手紙は、妹セツに宛てた光太郎の手紙だ。

真亀海浜（千葉県山武郡九十九里町）

「教育上にも悪い影響があり相なので心痛に堪えません。事によつたら今度参上の時は一度ちゑさんを東京に連れて来ようかと考へてゐます」（斎藤セツ宛て高村光太郎書簡、昭和九年十二月九日）

「智恵子の半生」によれば、アトリエに連れ戻した**智恵子の病状は、機関車のように驀進し、自宅療養が危険なほど狂暴になっていく**。次の一連の手紙は連れ戻した後に中原綾子（歌人）に宛てた手紙である。

「（前略）連日連夜の狂暴状態に徹夜つづき、さすがの小生もいささか困却いたして居ります（中略）此を書いてゐるうちにもちゑ子は治療の床の中で出たらめの囈語を絶叫してゐる始末でございます、看護婦を一切寄せつけられぬ事とて一切小生が手当いたし居り殆と寸暇もなき有様です。（後略）」（昭和九年十二月二十八日）

「一日に小生二三時間の睡眠でもう二週間ばかりやつてゐます、病人の狂躁状態は六七時間立てつづけに独語や放吟をやり声かれ息つまる程度にまで及びます、拙宅のドアは皆釘づけにしました、往来へ飛び出して近隣に迷惑をかける事二度、器物の破壊、食事の拒絶、小生や医師への罵詈、薬は皆毒薬なりとてうけつけません、（中略）女性の訪問は病人の神経に極めて悪いやうなのであなたのお話をきく事が出来ません、（中略）病人は発作が起るとまるで憑きものがしたやうな、又神がかり状態のやうになつて、病人自身でも自由にならない動作がはじまります、手が動く首がうごくといつたやうな。病人の独語又は幻覚物との対話は大抵男性の言葉つきとなります、或時は田舎の人の言葉、或時は候文の口調、或時は英語、或時はメチャクチャ語、かかる時は小生を見て仇敵の如きふるまひをします」（昭和十年一月八日）

「ちゑ子も此の二三日は以前ほどの狂態をせぬやうになり、出たらめの独語や放吟はやりますがあまり高声ではなくなりました。薬は一切のみませんが、食事も少々づつするやうになり、又時々分別を見せる兆候が見えます。小生も一縷の望みを其れにかけてゐます。（後略）」（昭和十年一月十一日、薬液筋肉注射の治療の結果）

「チヱ子は今日は又荒れてゐます、アトリエのまん中に屹立して独語と放吟の法悦状態に没入してゐます、さういふ時は食物も何もまつたくうけつけません、私ただ静かに同席して書物などよんでゐます、仕事はまつたくできません」（昭和十年一月二十二日、詩稿「人生遠視」同封）

「此頃はちゑ子は興奮状態の日と沈静状態の日とが交互に来てゐます、ひどく興奮して叫んだり怒つたりした日のあと急に又静かになり、大きに安心してゐると又急に荒れ始めるといふ状態です、よく観察してゐますと智恵子の勝気の性情がよほどわざわひしてゐるやうに思ひます、自己の勝気と能力との不均衡といふ事はよほど人を苦しめるものと思はれます」（昭和十年二月八日）

今見たように、智恵子は九十九里浜から戻ってから凶暴化した。それは、九十九里浜に放置されたことに対する無意識の復讐という感じがしないわけではない。

これに対する光太郎の態度も普通ではない。あまりに冷静すぎるからだ。**光太郎は智恵子の狂気を詩にしているだけでなく、逐一その病状を友人に報告している。**まるで狂気を観察する医者のようである。

なお、この時期のことを草野心平は次のように書いている。

「さんばら髪の智恵子さんが放心状態でアトリエの空間をただ凝視している。高村さんは智恵子さんの肩に手をかけて、無言のまま、しずかにつれていったが、しばらくはもどってこなかった。物音もなかった。それが、私にとっては、人間の半分を失った智恵子夫人を見た最初であり最後であった。白い青い、それは現代の、生きている凄烈な観音立像のようであった」（「悲しみは光と化す」新潮文庫版『智恵子抄』所収）

一方弟の豊周は次のように回想している。

「こんな話も聞いている。兄が夜遅く帰って来ると、アトリエのそばの交番のところで、『東京市民よ、集まれ』と智恵子の声がする。びっくりして坂をかけ上がってみると、智恵子が仁王立ちに立って、沢山の人の真中で大きな声で演説している。なだめすかして連れ戻ったが、それに似たことは屢々《しばしば》あり、巡査が父の家にまで注意にきたこともあった。それから兄は、外出する時は、誰にも断らず、戸をすっかり釘付けにして出かけるようになった。（中略）この頃、なんであんなに用があったのか、兄はよく家をあけて、夜一時頃に帰ってくる事が度々だった」（『光太郎回想』有信堂）

また黒澤亜里子は次のように書く。

「かつての智恵子の強烈な上昇エネルギーに支えられた自己顕示、愛と芸術の美名のもとに撓め、捩じ伏せられた自己拡充欲求の裏返しとしての、抑圧者光太郎への憎悪。『都市』に対する『地方』の復讐としての方言の噴出、不信、嫉妬などが、もっとも生なかたちで見られるのである」（黒澤亜里子『女の首　逆光の『智恵子抄』』）

錯乱した智恵子を、光太郎は戸を釘付けにして家に閉じ込め、自らは外を出歩いていた。そうしなければ自分もおかしくなるような気がしたからだろう。この時点では光太郎の精神も限界に達していた。

なおこの時期、さすがに光太郎は詩作そのものが寡作となっている。もちろんこうした状況では詩作どころではなかったろう。そして**この時期に書かれた数少ない詩**が次の作品だ。

人生遠視

足もとから鳥がたつ
自分の妻が狂気する
自分の着物がぼろになる
照尺距離三千メートル
ああこの鉄砲は長すぎる

（昭和十年一月）

これはもはや詩とはいえず、呻吟にしか聞こえない。光太郎を襲った悲劇はあまりに重く、彼から言葉すら奪ってしまった、と私などは考えてしまうが、実はこの詩ができあがるまで、実に長い物語が存在したようだ。

まず**この詩は、光太郎が智恵子を初めて妻と呼んだ詩**ということで研究者の注目を浴びているのである。これについては、大島龍彦が、『『智恵子抄』考　詩『人生遠視』とその機能』で次のように解説している。

「昭和十年一月二十二日付中原綾子宛光太郎の封書（詩稿「人生遠視」同封）には、昨夜ふと一聯の詩を書きました。あなたの詩集にいつ序が書けるかわかりませんので、ともかく此の短詩もお送りして置きます、序が間にあへばよし、間にあはなかつた時は此をおつかひ下さつても差支ございませんとあり、二玄社刊行の『高村光太郎全詩稿』に転写されている原稿用紙から推測すると、（中略）『人生遠視』は、次のようなものであったようである。

人生透視（序にかへて）

足もとから鳥がたつ
自分の妻が毒をのむ
自分の妻の気がくるふ
照尺距離三〇〇〇米
ああ此の鉄砲は長すぎる

封書記載記事のように、初め中原綾子の詩集（『悪魔の貞操』）の序の代わりとして書かれたが、智恵子全快の後を憂慮した中原綾子の指摘に、光太郎は『智恵子が全快でもしたあとでそれを見たら変なものだらうとも考へました』と、序の代わりとすることを撤回。そしてこの詩はおよそ半年後、中原綾子が主宰する歌誌『いづかし』に発表する際、（序にかへて）を省き、『気がくるふ』を『狂気する』に、『三〇〇〇米』を『三千メエトル』に一部分が改められた。更に河出書房刊『現代詩集』（昭和十四年）掲載時に『自分の着物がぼろになる』を加え、『メエトル』を

『メートル』に改めている。こうして光太郎は、『妻が毒をのむ』『妻の気がくるふ』という詩になりにくい生の情緒に手を加え、不足を補いながら次第に改訂し、昭和十六年八月、『智恵子抄』成立時に、自筆原稿を澤田伊四郎に渡し採録を希望したという」(『名古屋学芸大学　教養・学際編研究紀要第4号』二〇〇八年)

これでわかることは、光太郎は自分の妻の究極の狂気を表現するため、他の女性と相談しながら、推敲に推敲を重ねてこの詩を書き、それを雑誌に発表していたのである。

かくて二月には**智恵子を品川のゼームス坂病院(精神病院)に入院させ、一切を院長斎藤玉男博士に委ねる**ことにする。これが可能となったのは、光太郎に父の遺産三万円が遺贈されたからだった。実はこの時光太郎は周囲の目を気にして引っ越しも考えたようだが、そうした時間はなかった。事態は切羽詰まった状況だったのである。昭和十年三月十二日に中原綾子に宛てた書簡には次のように書かかれている。

「(前略)チヱ子を両三度訪ねましたが、あまり家人に会ふのはいけないとお医者さんがいふので面会はなるたけ遠慮してゐます。チヱ子もさびしく病室に弧座してひとり自分の妄想の中に浸り込み、相変わらず独語を繰り返していることでせう。先日あつたときわりに静かにしてゐるものの、家にいるときと違つていかにも精神病者らしい風姿を備えて来たのを見て実にさびしく感じました。まはりに愛の手の無いところに斯ういふ病人を置くことを何だか間違つた事のやうに感じました。仕事といふ使命さえ無ければ一生をチヱ子の病気のために捧げたい気がむらむらと起こります。チヱ子、チヱ子と家でくりかへし呼びます。（後略）」

その四日後、宮崎丈二に宛てた手紙。

「（前略）其後小生家事整理に日を送っていますがさびしさ極まりありません」

そしてその翌日、真壁仁に宛てた書簡。

「（前略）チヱ子可哀想にて小生まで頭が狂ひさうでした。さびしさ限りありません。（後略）」

これらの手紙から、智恵子とは簡単に面会できなかったこと、**病院に入院させた理由を仕事という使命のためと弁明している**ことがわかる。

こうして病院入院後も一進一退の状態が続く。「此頃は大層おとなしくしてゐるといふ事でした、まだわけの分からぬ事を話しますが、割におだやかになりました、健康はいい様で肥ってゐました」（三月二十九日付長沼せん子宛はがき）と書かれた翌月の日記には次のように記されている。

「今日は病院へ智恵子を見舞いに行つて来て、心が重く、くづおれてゐる。智恵子を思ふと限りなく悲しい。智恵子の狂気は一朝一夕に起こつたものでない事を痛感する。むしろその幼年時代からあつた異常の種子が、年と共に発達してきて、たうとう平常意識を壓倒してしまつたもののやうだ。その異常な頭の良さも、その勝気も、その自力以上への渇望も、その洪水のような愛情も、皆それがさせた業のやうだ。（後略）」

この時点でも、**智恵子の病を体質に求めて問題を処理してしまおうとする光太郎の傾向**が現れている。

この後、光太郎は一時的に家政婦を雇うが、すぐに一人だけの自炊生活を始める。この時期のことについて、豊周は次のように書いている。

「一人が結局一番いいと、買物でもなんでも自分でして歩いた。そんな生活でも、案外まめに出歩いたようで、おいしいものをさがして食べにゆくとか、音楽会や、外国映画などは、僕よりよほど詳しかった。もっともそうでもしなければ、とても神経がもたない様な状態だった」（『光太郎回想』有信堂）

こうして光太郎は、智恵子を入院させてから、音楽会に足を運び、映画を見て歩き、彫刻や詩の制作にとりかかる。東京府美術館で開かれた現代総合美術展覧会（昭和十年三月二十一日〜四月二十一日）に「老人の首」を出展し、父光雲の弟子の依嘱を受け、父光雲の胸像に着手する。そして詩作も復活した。この頃消息を絶っていた弟道利が帰国、智恵子の弟修二が度々金の無心にやってきたようである。

こうした時期に書かれた智恵子の詩が次の作品だ。

風にのる智恵子

狂つた智恵子は口をきかない
ただ尾長や千鳥と相図する
防風林の丘つづき
いちめんの松の花粉は黄いろく流れ
五月晴《さつきばれ》の風に九十九里の浜はけむる
智恵子の浴衣が松にかくれ又あらはれ
白い砂には松露がある
わたしは松露をひろひながら
ゆつくり智恵子のあとをおふ
尾長や千鳥が智恵子の友だち
もう人間であることをやめた智恵子に
恐ろしくきれいな朝の天空は絶好の遊歩場
智恵子飛ぶ

（昭和十年四月二十五日）

この詩が公表されたのは昭和十年五月だが、この月、光太郎は「新茶の幻想」というエッセイも書いている。これは昔書いた詩「新茶」を挟んで五月と新茶にまつわるエピソードを記したもので、引用詩の後で、「のどやかなのか、追ひかけられてゐるのか、私の頭は混乱する。五月、五月、五月は私から妻を奪つた。去年の五月、私の妻は狂人となつた」と述懐している。
　大島龍彦は、前出の論文で、この詩についても次のように書いている。

「『智恵子抄』を刊行した出版社の主澤田伊四郎は、詩『風にのる智恵子』を一読して心打たれたという。そしてその感想を次のように語っている。『大自然の大きさと、人間の小ささ、九十九里浜の茫々たる海岸を、気の狂った妻のあとをたどる光太郎。絶望的な哀しみが、九十九里浜の自然と一体化しておりながら、なお、その哀しみを突き放して、わかりやすい言葉で客観的に書いている』なお、詩『風にのる智恵子』を五月十日発行の『書窓』に発表したとき、最終行『智恵子飛ぶ』はなく、『智恵子抄』成立の時に書き加えられた」

　ところが八月には智恵子の容態が悪化してゆく。「千葉の海岸でおぼえた漁夫の荒い言葉でさまざまな独語」（昭和十年八月十七日付中原綾子宛光太郎の封書）を言い放ち、光太郎もさすがに落ち込んで、「ばけもの屋敷」（昭和十年九月二十四日作）という詩の中では、「主人は正直で可憐な妻を気違にした」と**初めて自分を断罪した。『智恵子抄』は「愛の讃歌」ではなく、「贖罪の歌」であるという見方はここから生まれてくる。**
　十月には智恵子の弟啓介が死亡、姪であった春子に智恵子の看護を依頼する。そして「此間医者に散歩を許されましたが門から外へは一歩も出たがらなかつたさうです」（十月二十日付中原綾子宛光太郎の封書）といった状態となる。なおこの年の暮れ、光太郎自身も結核が悪化して大量吐血した。

智恵子が紙絵の制作を始めるのは翌年の昭和十一年頃のようだ。以後昭和十三年の十月に結核で死亡するまで、智恵子は千数百枚の紙絵を作り、それを光太郎に見せることを楽しみに過ごしたと伝えられている。

昭和十二年には「少年に与ふ」といった教訓的な詩が書かれるようになるが、光太郎がこの時期、どのような気持ちで「えらいひとや　なだかいひとに　ならうとは　けつして　するな。もってうまれたものを　ふかく　さぐつて　つよく　ひきだす　ひとに　なるんだ」と少年に向けて書いたのかはよくわからない。

一方智恵子のほうは「時候のため興奮状態の様子」（昭和十二年六月十七日付長沼せん子宛光太郎書留）となり、ひたすら紙絵の制作に打ち込んでいる。その結果、「幾分落ちついた」（昭和十二年七月十五日付長沼せん子宛光太郎封書）状況になるが、光太郎も、智恵子の紙絵を見て心が和んだのか、再び智恵子を詩に謳った。

値《あ》ひがたき智恵子

智恵子は見えないものを見、
聞えないものを聞く。

智恵子は行けないところへ行き、
出来ないことを為《す》る。
智恵子は現身《うつしみ》のわたしを見ず、
わたしのうしろのわたしに焦がれる。
智恵子はくるしみの重さを今はすてて、
限りない荒漠の美意識圏にさまよひ出た。
わたしをよぶ声をしきりにきくが、
智恵子はもう人間界の切符を持たない。

（昭和十二年七月）

ここに描かれた智恵子は、すでに現実界の智恵子ではなく、光太郎の想念の中に生きる智恵子である。これ以降、**智恵子は現実世界から離れて、彼の想念の中で生きるようになる。**そしてその後の智恵子の病状は次の通りである。

「さつぱり良くはなりません」（昭和十二年八月七日付更科源蔵宛封書）
「今はすべてを覚悟してゐます」（昭和十二年九月七日付更科源蔵宛封書、注：更科源蔵はこの頃光太郎と交流のあった詩人。後にアイヌ文化研究家となる）

「いつになつたら快復する事か考へると心細い」(昭和十二年十一月二十六日付長沼せん子宛光太郎書留)

私が気になるのは、**このあたりから光太郎が智恵子と会わなくなるという事実**である。智恵子の看護をしていた宮崎春子の証言によると、紙絵を盛んに作っていたこの頃の智恵子は、光太郎が訪れると喜んで、光太郎に家に帰りたいと何度も懇願していたようである。ところが光太郎は三十分ほどで病院を切り上げるのを常とした。(「紙絵の思い出」『高村光太郎と智恵子』所収、昭和三十四年四月)。これについて光太郎は、智恵子が死んだ翌年、『歴程』に書いた「某月某日」という文章で、次のように述べている。

「私は智恵子の病院に訪問して十五分かそこらの面会をして来る度にめちゃくちゃにうちのめされる。極度に疲れて往来を歩くのにも足が重く……」

「先日病院へまゐりましたが今月も智恵子に会はずにかへりました。興奮するといけないと思つて案じられます、春先になるといつも悪くなるやうに思ひます」(昭和十三年三月二十四日付長沼せん宛書留封書)

この手紙からしばらく経ってから、院長斎藤玉男博士に一切を委ねた**光太郎が智恵子に会うのは、実に五カ月後のことで、それは智恵子が死ぬ時だった**。

この間智恵子は紙絵の制作もやめ、三十八度の熱を出すことが度々だった。一方光太郎は、中原綾子の主宰する雑誌『いしづか』に短歌を二首発表している。

その日、「容態あまり良からず、衰弱がひどい」（昭和十三年十月五日夕付長沼せん子宛はがき）と、母せん子に上京を促すはがきを書いた後、光太郎は午後七時頃智恵子を見舞った。その数時間後、智恵子は息を引き取ったのである（肺結核）。

最後の日のことを光太郎は次のように回想している。


「最後の日其（智恵子制作の紙絵）を一まとめに自分で整理して置いたものを私に渡して、荒い呼吸の中でかすかに笑ふ表情をした。すつかり安心した顔であつた。私の持参したレモンの香りで洗はれた彼女はそれから数時間のうちに極めて静かに此の世を去つた。昭和十三年十月五日の夜であつた」（「智恵子の半生」）。


宮崎春子の回想によれば、かけつけた光太郎が持ってきたレモンをがりがりと噛んで、「智恵さん」と呼ぶ光太郎に手をたくした智恵子の瞳は、この時正気にかえっていたという。（「紙絵の思い出」『高村光太郎と智恵子』所収、昭和三十四年四月）。

また、臨終に立ち会った斎藤徳治郎医師は、智恵子の臨終と同時に、黒の和服に袴姿の光太郎の巨大な身体が大きくゆれだした証言している。

また弟の豊周によれば、「智恵子が死んだんであと始末をしたいから一寸来てくれ」と電話があったのは十一時過ぎで、豊周が病室に入ったとき、光太郎は「枕元に坐ったまま、ただじっとしているだけだった」。一時間四十分以上一人静かに智恵子の傍らに寄り添っていた光太郎は、その後「智恵子を抱いて、そっとアトリエまで連れ帰った」。その時「外見はむしろ冷静で、取り乱したところはまったくなかった」。アトリエの長いすに智恵子を寝かせた光太郎は、「あれだけ帰りたがっていた家に、いよいよ帰ってきたけれど、死んじゃって」と、ポツンと言った。（『光太郎回想』）

この時のこと思い出し、後に光太郎は次のような詩に残している。

荒涼たる帰宅

あんなに帰りたがつてゐる自分の内へ
智恵子は死んでかへつて来た。
十月の深夜のがらんどうなアトリエの
小さな隅の埃を払つてきれいに浄め、
私は智恵子をそつと置く。
この一個の動かない人体の前に
私はいつまでも立ちつくす。
人は屏風をさかさにする。
人は燭をともし香をたく。
人は智恵子に化粧する。
さうして事がひとりでに運ぶ。

夜が明けたり日がくれたりして
そこら中がにぎやかになり、
家の中は花にうづまり、
何処かの葬式のやうになり、
いつのまにか智恵子が居なくなる。
私は誰も居ない暗いアトリエにただ立つてゐる。
外は名月といふ月夜らしい。

（昭和十六年六月）

なお豊周によれば、化粧した智恵子の顔は「二七、八歳にしか見えない位、実にきれいで、あどけなくて、可愛らしかった」ということである。この後光太郎は焼き場に行っていない。智恵子の骨を拾ったのは、親族一同だった。また仏事はすべて親戚が執り行ない、納骨の後、光太郎は親戚を鰻屋に誘った。

＊映画化のポイント8

ここは**第二部クライマックス**の部分である。智恵子は徐々におかしくなっていき、錯乱状態となり、紙絵に打ち込み、最後はレモンをかじって正気に返る。この一連の変化を果たして女優が演ずることができるかが映画の最大の見所である。

一方、光太郎の演技はもっと難しい。数々の証言でわかるように、光太郎は、絶望を絶望として表現しないからである。人前では何事もないように振る舞っている。このアンビバレントな精神状態をどのように演ずるかが勝負処となる。

もう一つ、智恵子が死ぬ前、光太郎は智恵子を放置した。この事実を曲げて描くことは許されないような気がする。光太郎の精神も限界に達していたのである。

もちろん私はここで光太郎を非難しているのではない。むしろ**そこまで光太郎が追い詰められていた**ことを強調したいのだ。それと同時に、そうした状況の中でも智恵子を冷静に観察し、**それを詩にしたい衝動に駆られる芸術家の業**も併せて描かねばならぬだろう。しかもただ事実を並べるだけでは不足である。智恵子はなぜ狂ったのか、その問いにも答えなければならぬだろう……。

（3）智恵子はなぜ自殺しようとしたのか

狂う前に智恵子は自殺しようとした。まずその事実を忘れてはならない。ではなぜ自殺しようとしたのか。ここで改めてそのことに思いを馳せねばならない。第二部の映画化に際して、そのことが理解されていないのではシナリオが大きく変わってくるからだ。そこで、智恵子の自殺未遂の原因についてしばし考察してみる。

その際まず留意しなければならないのは、智恵子の自殺未遂は衝動的なものではなく、自己の尊厳を維持するための確信犯的行為であったと思われることだ。智恵子はよくよく考えて自殺しようとしたのだ。

通常自殺は、生きる苦しみから逃れようとして決行される。では**智恵子にはどのような苦しみがあったのか**。これについて整理するならさまざま挙げることができる。

一つは言うまでもなく**生活苦**である。石炭も買えず、売る着物さえなくなった生活に実家の破産が追い打ちをかけ、ついに力尽きたという見方だ。これはもっともな見方で、人間が自殺に至る多くの原因は経済破綻であることは昔も今も変わりはない。ただ光太郎が言うように、智恵子は、自分の家の貧困だけで命を絶つような女ではない。

二番目としては**健康不調説**である。彼女は肋膜を病んで以来の病臥に伏し、更年期の心神変調に悩まされていた。心身の不調が自殺を誘発することも指摘されていることである。しかし智恵子の病気は、結婚当初から伴侶のようなもので、その苦しみから逃れるために智恵子が自殺したとも思えない。

三番目は、**芸術家としての自己の将来に絶望**し、命を絶とうとしたという見方である。本来芸術至上主義で結ばれた夫婦であったが、もはや智恵子には絵を描く機会が与えられなかった。表現できないなら生きていても始まらないと智恵子が感じ、死を選択したという見方がある。

ただ、ジェンダー論の立場から、智恵子が家事を押しつけられ、創作する時間がなくなったことを悲観して命を絶ったという見方に私は与することはできない。その程度のことでは智恵子は死なないと思われるからだ。家事の話についていえば、実は光太郎が家事をよく手伝ったという証言がたくさん出てくる。例えばこんな具合だ。

「兄の家ではお嫁さんの方が自由で、兄の方が気をつかって、世間並みとは逆だった」（高村豊周、前掲書）

「僕も智恵子も、仕事に夢中になって、ごはんのしたくをすることを忘れているんです。しかたないから、僕がしたくをはじめると、智恵子は傍らに来て見てるんです」（佐藤勝治『山荘の高村光太郎』現代社、聞き語り）

「（与謝野晶子の言）どうも御気の毒です。炊事も洗濯もみな高村さんお一人でなさるんで……」（石井柏亭『我観高村光太郎』）

智恵子が油絵を描かなくなった理由については、既に十分語ったのでここでは繰り返さないが、結局智恵子が絵を断念したのは智恵子の意志によるものであった。むしろ智恵子にとってダメージだったのは、内職として始めた機織りの仕事が金にならなかったことにあったろう。金になれば智恵子も救われたような気がする。つまり智恵子は、自分が無能力で存在価値がないという事実に苦しんでいたと思われる。

四番目の見方として、これは第一と第二に関連するが、**智恵子は光太郎の「身勝手さと無理解」に苦しみ、絶望して命を絶とうとした**とみる説がある。この光太郎の「無理解」という件に関しては、一時かなり議論が噴出した。その一例として寺山修司の次の評がある。

「光太郎は女との関係を鑑賞と、一方的な愛玩の具くらいにしか考えておらず、もともと二人の相互関係によって生み出される『愛』などという感覚を理解できない男だったのである。さびしいことだが、光太郎と智恵子の文学史上の『愛情物語』は、虚構にすぎなかった」（寺山修司『さかさま文学史黒髪篇』角川文庫）

ここまで言われてしまえばさすがに光太郎に同情したくなる。実際には智恵子はそうした「無理解」な光太郎を愛していたふしがあるからである。

ここまで一刀両断でなくとも、例えば津村節子は「主婦の立場」から光太郎に次のような苦言を呈している。

「智恵子は裕福な豪家に育ったためか、金銭には淡泊で、貧乏の恐ろしさを知らなかった、と光太郎は書いているが、如何に金銭に淡泊でも、家を預かる女の身で、貧乏は男よりこたえたに違いない。（中略）光太郎が偶然智恵子の仕事部屋をのぞいた時、画架の前で涙を流しているのを見て、慰める言葉もなかったという。（中略）都会育ちの光太郎は、阿多多羅山の山の上の空を本当の空だという智恵子を、あどけない空の話だと詩《うた》うが、病弱な智恵子の都会暮らしの息苦しさを、彼女の立場になって察してやっただろうか。をんなが付属品をだんだん棄てるとどうしてこんなにきれいになるのか、と智恵子を讃えはしたが、智恵子が貧困の中でどれほど苦しんでいるかを、本当におもいやったことがあるのだろうか。（中略）光太郎は、高らかに詩いながら智恵子を置去りにした。かれは生身の女として、智恵子を愛していたのだろうか、と私は思う」（『光太郎と智恵子』新潮社）

ただこの件に関しては、光太郎はフェミニストで理解のある夫だったと述べる人もいる。光太郎に厳しい駒尺喜美も「光太郎は自分の『我』を大切にした。それと同じように智恵子の『我』も大切にした」と述べている（『高村光太郎のフェミニズム』朝日文庫）。実際光太郎は、男女が対等でない時代に対等に女に向き合うことのできた稀なる男だった。智恵子が病気で毎年のように実家に長期間滞在しても智恵子を責めたことはなく、智恵子の創作のためにアトリエも改造し、家事も手伝った。籍も入れない代わりに束縛もせず、智恵子を比較的自由にさせていた。ましてや暴力を振るうことはなく、当時としては極めて新しい夫を演じていた。

もっとも私にいわせれば、智恵子の苦しみの原因はそこにあったかもしれない。束縛されないかわりに、目の前に横たわるさまざまな問題を、真剣に話し合って解決してくれた気配もないからである。優しさは毒にもなり得るのだ。特に智恵子の創作上の悩みについては、光太郎はもっと本音をぶつけるべきだった。

月並みな言い方になるが、結局**光太郎と智恵子の最大の問題は、真の意味での対話の欠如**にあったのではないだろうか。そもそも二人とも対話は得意なほうではなく、コミュニケーションは詩の発表という形で一方的に光太郎から方針が示され、智恵子はそれに従うしかなかった。最初は手紙の遣り取りもあったが、それとて光太郎の一人語りに終始したようだ。いわゆる夫婦喧嘩もしていない。

「夫婦喧嘩は犬も食わぬ」というが、通常の夫婦は問題が発生すると不満をぶつけ合う。そして喧嘩が修復できないところまでゆくと、夫がDVに走ったり、口をきかなくなったりする。しかしそのことによって夫婦に反省の余地が生まれる。その結果、最後は破局をさけるためにどちらかが譲歩し、互いに歩み寄ってゆく。特に子どもがいれば簡単に別れるわけにはいかない。

ところが光太郎と智恵子は、そうした凡人の夫婦関係を超越して生きていた。だから問題が山積みとなりながら、それを解決するために、顔を付き合わせ不満をぶつけ合うこともなかった。それは**すべて光太郎主導で芸術家夫婦を演じていた**からである。しかしさすがに**それを演じ続けることには無理があった**。どこかで軌道修正をしなければならなかったがそれを怠った。

たしかに芸術家としての光太郎は、智恵子の肉体を燃やし尽くすほど智恵子を愛していたと言える。智恵子は光太郎の夢とともに燃え上がり、『智恵子抄』という形で此の世に残ったのである。それは我々凡人が真似できる女の愛し方ではない。しかし光太郎は、一人の男として、あるいは夫としての責任を放棄した、といえる。

一方一般には受け入れられない五番目の見方が存在する。それは何かといえば、**光太郎の女関係**だ。それはないだろうと思うのが光太郎を愛する人の思いだ。私もそう思いたい。しかしながら、実際にはなくとも、智恵子がそう思い込むということはあり得る。例えば大正十年に書いた「五月のアトリエ」という詩にはこんなフレーズが登場する。

「(前略)十七のもでるの娘は、／来るといきなり着ものをぬいで、／ああ何といふ好適な五月初旬の生きものか、／天然自然の自由さで、／とんきやうな兎のやうに、耳をたててもでる台にうづくまる。(中略)生きて動く兎のやうな十七の娘のからだを／嫉妬に似た讃歎に心をふるわせながら、／今粘土を手に取つて、／喰べるやうに見るのである、／見るのである」

一般に画家(彫刻家)とモデルが関係を結ぶというのはありふれた話だ。何時間も、密室の中で自分の裸を見つめられているとつい身を預けたくなるのかもしれない。特に彫刻の場合、質感や立体感を捉えることが重要なので触ってみたい衝動にも駆られるだろう。もちろんこの詩からはそうした陰湿な雰囲気は漂ってこないが、この詩が書かれた時期、光太郎も智恵子のことを詩に書かなくなっていたことも考慮に入れなければならない。こうした詩を発表されることで、智恵子の心が傷つけられたことはおおいにあり得る。

それに加え、ここで思い出したいのは**歌人中原綾子の存在**だ。既に我々は、光太郎が中原に差し出した手紙を何通も目にしているが、彼女は二十歳の時に与謝野晶子の「新詩社」同人となった歌人で、第二期「明星」前夜の頃光太郎と出会い、後に彼女は「高村先生がお一人加わられることによって座の空気が一層ひろびろと、同時に厚みのあるものになることを感じた」と書いた（「第二期明星の頃」『高村光太郎全集』第六巻「月報」）。その後、昭和四年に吉井勇の「相聞（後スバルと改名）」に加盟、その雑誌が終刊を迎えた昭和六年に歌誌『いづかし』を創刊し、光太郎の詩「人生遠視」は昭和十年八月号の「いづかし」に掲載された。昭和二十五年二月、吉井勇に許可されて第三期『スバル』を創刊、五十号を最後に鎌倉の病院で没した（昭和四十四年、享年七十二）。

近年彼女の評伝が出版されたが（松本和夫『歌人　中原綾子』中央公論事業出版）、それによれば、中原が突然光太郎の家を訪ねたのは、昭和四年の六月のことだったようだ。「相聞」の原稿依頼に訪れたのである。次は昭和六年で、この後『いづかし』の創刊号（八月一日）に散文と詩が寄稿された。ここで思い出したいのは、その雑誌が送られてきた時、光太郎は三陸旅行に出かける前で、その後一カ月家を空け、その最中に智恵子の精神が変調をきたすという事実である。

それから一年間、光太郎と智恵子の間に何が起こったかよくわからないが、一年後に智恵子は自殺未遂を図り、その半年後、智恵子が凶暴化している折、光太郎は自分の苦境を中原に訴えている。

こうした流れから、光太郎と中原との交情説が浮上し、それが智恵子に自殺に影響を与えたと論ずる者もいる。

もっともこの件については、中原宛の手紙を読めば、それが愛人に対する手紙ではないことはすぐ知れる。もし関係があれば、あれほど詳細に智恵子の病状を文字にする必要はないからだ。ただ単に中原の歌集の序を頼まれた際、中原に甘えて自分の苦しみを吐露しただけと思われる。ただ中原に対する恋情が光太郎になかったかといえば、それはなんともいえない。中原は美人で才媛だった。男であれば誰でも心惹かれる魅力を備えた女性だ。しかしその時、中原には既に愛人がおり、そこに光太郎が入り込む余地はなかった。それにその時、智恵子を捨てて中原に走るようなことはもちろんできなかったろう。

もっとも二人の接近を察知して、智恵子が妄想を抱いたということはあり得る話だ。それが、智恵子の自殺を誘発する引き金になったと考えることも可能だ。


ちなみに中原との交友はその後も続き、戦中に中原が出した第四歌集には長文の讃辞を寄せている。しかし昭和二十四年、中原が岩手の山荘を訪れ、徹夜で話し込もうとした時、光太郎は中原を村長の家に案内し、家には泊めなかった。その後昭和二十六年に再度会った時には、中原の「老い」を淡々と日記に記している。

中原は後年、山居を訪問した際に光太郎が泊めてくれなかったことに不満を漏らしているが、その時彼女は二番目の夫と別れ、独り身で光太郎に会いに出向いたのである。女があの山荘まで尋ねるというのは余程のことだ。しかしその時の光太郎は智恵子の霊に取り憑かれており、中原へ心が動くことはなかった。


そして最後（六番目）が「家」（ハウスとファミリーの両面）の問題だ。

現代ではシックハウス症候群という病気が存在するが、智恵子にもそれに近い症状があったと考えることが可能だ。

まず二人の愛の巣は、北海道にあったわけではない。駆け落ち同然に二人の世界を生きようとするのであれば、二人は新天地に生きる活路を見出すべきだった。ところが愛の巣は光太郎の父が作ってくれたものであり、光太郎の実家の目と鼻の先にあった。三階建てで、一般の住居のように開放的な構造になっていない。窓も少ない上に、周囲には木立もあり一階からは空は見えない。家の中にはキャンバスと無機的な彫刻が並んでいる。**「東京には空がない」という智恵子の実感はこの家から生まれた**と考えてよい。その家に、智恵子は何年も引き籠もって暮らした。近所づきあいは一切なく、そして友達とは結婚の時点で縁を切っていた。

そして何年も、智恵子は芸術家夫婦を演じ、周囲の好奇な目に晒されていた。その上生活の実態は、結婚後も援助を受け、たった一度智恵子の母が訪問した時、母は光雲の家に上がることもできないというのが実態だった。これでは息が詰まるのも無理はなかろう。この家の問題については光太郎も次のように書いている。

「その時には分からなかつたが、後から考へてみれば、結局彼女の半生は精神病にまで到達するやう進んでゐたやうである。私との此の生活では外に往く道はなかつたやうに見える。どうしてさうかと考へる前に、もつと別な生活を想像してみると、例えば生活するのが東京でなく郷里、或ひは何処かの田園であり、又配偶者が私のやうな美術家でなく、美術に理解ある他の職業の者、殊に農耕牧畜に従事してゐるやうな者であつた場合にはどうなつたであろうと考へられる。或ひはもつと天然の寿を全うし得たかもしれない」(「智恵子の半生」)

今までに述べたように、智恵子にはさまざまな苦しみがあったが、それでも智恵子はけなげに生きていた。しかしやっと立っている智恵子を完全に打ちのめす出来事が起こる。それが**彼女のファミリーの問題**だ。智恵子は八人兄弟である。この八人兄弟に起こった出来事をまとめると以下の通りとなる（上杉省和『智恵子抄の光と影』参照）。

父今朝吉　大正七年死亡
長男啓介　家督相続後芸者遊びに耽溺、二度離婚し、三度目の妻は失踪、破産後上京し、昭和十年に死亡
次女セキ　日本女子大卒業後、妻子ある男性と恋愛して、その間に生まれた子どもを養女に出した後、渡米、ロサンゼルスで結婚
三女ミツ　大正七年に前林一男と離婚、二人の子どもを連れて実家に戻り、大正十一年に肺結核で死亡　その娘が智恵子の世話をする春子
四女ヨシ　長沼酒造の支配人と結婚後昭和二年死亡
五女セツ　斎藤新吉と結婚後流転生活
六女チヨ　大正八年急性脳膜炎で死亡
次男修二　長沼家破産後、財産分与をめぐって兄と裁判、警察沙汰となり光太郎の家にもたびたび金の無心に現れた

そして最後が母せん子であるが、この母も相当な問題のある人で、佐々木隆嘉は『ふるさとの

智恵子』（桜楓社）の中で、母を「啓助が遊蕩に走るような家庭状況を作り、家を乱すようにした責任はセンにあった」と評している。

中年クライシスではないが、幼い頃に「蝶よ花よ」と育てられた娘が、これだけの家族の悲劇に見舞われれば、その苦悩は察して余りある。智恵子がこうした家族のトラブルに際し、指示を出したり叱責したりしている手紙が何通も残されているが、この手紙の智恵子は『智恵子抄』で描かれた智恵子とは別人だ。必死に問題を解決しようと動き回る娑婆の女という感じがする。手紙の中から実際に母に金を送っている事実が確認できる。そして悲劇の元凶とされる母のせん子が、路頭に迷って上京してきた時、智恵子は次のような手紙を母に書いている。

「高村にはやはり何もいはずにしまひませう。ぢき出てしまへば、いはなくてもすむのだから。それでもし高村が用事で旅行にでも出かける事があつたら、其時、早速しらせますから、こちらへ来て下さい。さうでない時はお互ひに、だまつていませう。福島にゐる事にして。私も金をとる仕事をしたいと思つてゐます」（昭和六年六月）

ここには家の不祥事を夫に知られまいとする智恵子の焦りがうかがえる。続く七月、母に会った後の手紙はこう書かれている。

「きのふは二人とも悲くわんしましたね。しかし決して〳〵世の中の運命にまけてはなりません。われ〳〵は死んではならない。いきなければ、どこ迄もどこ迄も生きる努力をしませう。（中略）

金を自分の手で取れるやうになつて、かあさんが困らないやうになつたら、ああどんなに愉快でせう。やるとも、やりますとも。喜び勇んで本当に死力をつくします」（昭和六年七月）

この文章では、悲鳴を挙げている智恵子が見えてくる。さすがに智恵子にとって、母が無一文となって乞食のように彷徨っている姿は耐えられなかったのだろう。そしてストレスも極限に達することになる。

ところが既に見たように、その時光太郎は『時事新報』の依頼で長期の三陸旅行を敢行していたのだ。この旅行を勧めたのは智恵子ということになっているが、智恵子にすれば、光太郎不在の間に母と家族問題を話し合いたいと考えたのだろうか。しかしながら、この追い詰められた状況での光太郎の長期不在はかえって智恵子の不安を増幅させたに違いない。しかも中原綾子と一緒かもしれないという妄想が智恵子を襲ったかもしれない。かくて張りつめた智恵子の精神の糸はプツリと切れ、智恵子の精神状態がおかしくなるのである。

智恵子にしてみれば、自分の家の不始末が光太郎と光太郎の実家に知られることがプレッシャーとなり、それが最終的な引き金となったと考えることが可能だ。伊藤信吉は『鑑賞智恵子抄』（角川書店）でそうした見方をしている。

ただここで注意しなければならないのは、実際に自殺を図るのは、その一年後であるという事実だ。私の勝手な推測だが、三陸旅行からの一年間、光太郎と智恵子の夫婦関係に何か深い亀裂が入った可能性がある。だからこの時期、光太郎は智恵子を詩に謳うことができなくなったのではなかろうか。その時何が起こったのかが最大の謎だが、追い詰められながらも一年耐えたが、限界に達したとみてもよい。かくて自殺が決行された。

＊映画化のポイント9

今挙げた諸々の事情を、説明にならぬよう、なんらかの形でシナリオに盛り込む必要がある。その際、中原綾子の存在は重要だ。愛人関係ではない交情を描いて、**智恵子の妄想を絡めた三角関係をドラマにする必要**がある。また智恵子と家族の関係も、母の問題を含めながら丁寧に描く必要があるだろう。それによって、自殺未遂に至る過程に説得力をもたせることができるからである。

（4）智恵子の狂気について

結局智恵子は死ねなかった。その代わり狂気に陥ってゆく。自殺未遂と狂気は同じ次元の話ではない。自殺未遂の人がかならず精神に異常をきたすわけではない。

まずこの件についていえば、彼女の資質にその因を求める見方が存在する。光太郎によれば、智恵子は「思ひつめれば他の一切を放棄して悔まず、所謂矢も楯もたまらぬ気性」で、「単純真摯な性格で、心に何か天上的なものをいつでも湛え」、また、「どんな事でも自分一人の胸に収めて唯黙つて進」み、「精神上の諸問題についても突きつめるだけつきつめて考えて、曖昧をゆるさず、妥協を卑し」む性格で、「猛烈な芸術精進と、私への純真な愛に基づく日常生活との間に起こる矛盾撞着」の結果、彼女はついに狂気に至ったとされている。

しかし次のようにも語っている。

「彼女の家系には精神病の人は居なかつたやうである（中略）精神分裂病といふ病気の起る素質が彼女に肉体的に存在したとは確定し難い」（「智恵子の半生」）

そもそも私は、智恵子が本当に統合失調症だったのか、という点についても疑念を抱いている。既に見てきたように、智恵子が本当におかしくなったのは九十九里浜でだが、そこで「鳥と遊んだり、自身が鳥になつたり、松林の一角に立つて、光太郎智恵子光太郎智恵子と一時間も連呼」（「智恵子の半生」）するようになった智恵子は、光太郎に捨てられたと感じて錯乱し、狂気を演じていただけかもしれないからだ。

確かに智恵子には幻覚が見えていたとされ、幻覚が統合失調症の典型的な症状であることは間違いない。しかし幻覚だけで統合失調症と断定することはできない。

最大の謎は、彼女が残した紙絵だ。構図、色彩、すべてにおいて崩れていない。むしろ計算されているような印象を与える。智恵子の紙絵をすべて見た精神科医の三浦信之の報告では、異常を疑える絵は三枚しかないと証言している。それはどう見ても統合失調症の人が作った作品には見えない。この紙絵について、智恵子の看病をした姪の宮崎春子が後年「紙絵のおもいで」というエッセイで次のように述べている。


「（前略）昭和十年十月の末、（中略）伯母の看護を頼まれ（中略）わたしはそれから毎夜のように伯母のかたわらにやすみ、そのやつれ果てた姿を見ては泣いた、ただ神に祈った。（中略）いつごろから切り紙細工をはじめたか、はっきりとはしないが、昭和十一年の終り頃から、簡単なものを作り始めていたように思う。朝の洗面、髪もきちんとちいさなまげにむすび、きつけも冬は大島の袷に銀ネズの繻すのだて巻を結び、朝食がすんでしまうと、一日の紙絵制作が始まる。押入の前にきちんと坐り、おじぎをしながらいろいろの色紙、アラビヤゴム糊、七センチメートルほどの長さの先の反ったマニキュア鋏、紙絵製作の素材道具を静かに取り出しはじめる。（中略）こうして毎日の食膳を賑わすものを次々とつくられた。珍しいものがつけば、それを紙絵にしないうちは箸をつけないので、たいてい食事時間はおくれてしまうのであった。（中略）別にテーブルもなく、じかに種々の材料や、台紙に用いた京花紙も畳に置き、たとえばぶどうならぶどうの房をよくよくみて、色紙を選び出し、色紙をいろいろの角度にしてマニキュア鋏でぶどうの一粒一粒の丸みを切ってゆく。その間にもいくどもおじぎをしたり、ひとりごとを口の中でつぶやいたりしつつ作ってゆくのであった。（中略）一つのむろ鯵の干物ですらもすらすらとは作ってはゆかない。一つの切込みも考えながら作っていたようである。」（『草野心平編『高村光太郎と智恵子』所収）

この紙絵については、光太郎の言葉も載せておく必要があるだろう。

「（前略）千数百枚に及ぶ此等の切抜絵はすべて智恵子の詩であり、機知であり、生活記録であり、此世への愛の表明である。此を私に見せる時の智恵子の恥かしそうなうれしそうな顔が忘れられない」（『新風土記』昭和十四年二月）

「見渡したところ智恵子の作は造形的に立派であり、芸術的に健康であった」（『スバル』昭和二十五年七月）

また辛口の豊周も、智恵子の紙絵については「天才的な閃き」とか「精神の均衡を失った人のものとは思えない」と絶賛している。この紙絵は、まさに「愛の奇跡」と呼べる作品群なのである。この紙絵の存在なくして、『智恵子抄』は語れない。

ともあれ、智恵子の狂気の中に我々は壮大な魂の散華を見ることになるが、最後は智恵子の主治医二名の言葉を見てこの章を終わりにしよう。

「ほんとうに口をきかれませんでした。ひたすらに孤独を愛されていたのでしょう。『もう人間であることをやめた智恵子は』と、光太郎氏はうたつていますが、このころも殆ど会話での意思伝達はされないで、遠い世界に住んでおられたと思います」（斎藤徳治郎「高村智恵子さんの思い出」、草野心平編『高村光太郎と智恵子』所収）

「『人間嫌い』といふよりは『人間無視』の世界に寂静な安住境を開拓し、紙絵と言う創作一本に突入されたのは、それが自然にせよ不自然にせよ、コトバを虚しいものと受け取つた彼女一流の悟入の姿であるとする他ありません」（斎藤玉男「智恵子さんの病誌」、草野心平編『高村光太郎と智恵子』所収）

それにしても、「コトバを虚しいものと受け取つた彼女一流の悟入の姿」というのは、何とも皮肉な物言いではないか。

＊映画化のポイント10

智恵子の狂気について、これを本当の統合失調症と見なすか、それとも一種の演技とみなすかはドラマの最大のポイントとなる。もちろん智恵子の錯乱状態は描かねばならぬが、智恵子の紙絵の制作のことを考えれば、完全なる痴呆状態の演技は避けなければならない。むしろ狂気は第二の意識的な自殺と考えたほうがよい。そのように演出することによって、ドラマはますます緊迫の度合いを加えるだろう。ここで狂気に至る過程を簡単に整理しておく。

実家の破産　中原綾子の訪問　母の上京　光太郎の三陸旅行　鬱症状の発現　夫婦関係の悪化　自殺未遂　抑うつ状態の慢性化　温泉療養の失敗　九十九里浜への転地と智恵子の痴呆化　アトリエ生活での錯乱　ゼームス坂病院への入院　紙絵の制作　智恵子の死

この中で、九十九里浜を美しく描いてはならない。智恵子が預けられた九十九里の家は、まさに狭い小屋のような家なのだ。加えて忘れてはならないのは、この状況での光太郎の行動である。智恵子の狂気をフィルムで撮影し、それをもとに詩を作り、それを雑誌に発表する光太郎の「地獄変」に目を瞑ってはならないと思う。

第3章　不可思議なる転向

花巻山荘（岩手県花巻市）

（1）光太郎はなぜ戦争高揚詩を書いたのか

智恵子が入院し、三年が経過した昭和十三年の夏（それは日中戦争が泥沼化していった時期だったが）光太郎は次のような詩を書いた。

或る日の記

（前略）
一切の苦難は心にめざめ
一切の悲歎は身うちにかへる
智恵子狂ひて既に六年
生活の試練鬢髪《びんぱつ》為に白い
私は手を休めて荷造りの新聞に見入る
そこにあるのは写真であつた
そそり立つ廬山《ろざん》に向って無言に並ぶ野砲の列
（昭和十三年八月）

これは光太郎採録の『智恵子抄』に載っており、草野心平が編集した『智恵子抄』では一度外され（五六年版）、六七年版では復活された曰くつきの詩である。この詩に確かに智恵子は出てこない。ではなぜ光太郎はこの詩を『智恵子抄』に入れたのか。その理由は、光太郎が自分の心境が変化した瞬間を世間に伝えたいと思ったからだろう。戦争詩を書く契機がここにあったと表明しているのだ。一方草野心平は、そのことが連想されるので、あえて『智恵子抄』から外したと思われる。

　昭和十三年八月のある日、光太郎が新聞紙を広げ、何気なく記事を見ると、そこに戦争の影を認めた。その二カ月後、智恵子はゼームス坂病院で息を引き取るのである。このタイミングはあまりといえば、あまりという気がするが、この時、光太郎が智恵子を見舞わなくなって三カ月が経過していた。

　とはいえ、智恵子の現実の死は光太郎に多大なる衝撃を与える。この世に寄る辺とする人が誰もいなくなった光太郎は、まさに茫然自失の体となり、「私は精魂をつかい果たし／がらんどうのような月日の流の中に／死んだ智恵子にうつつを求めた」（「おそろしい空虚」『暗愚小伝』所収）。

　智恵子が死んでからの一年間、光太郎は九分通り仕上がっていた「団十郎像」も完成させず、春から手掛けていた「河口慧海裸体座禅像」も中絶させ、詩作のほうも十数編しか書いていない。精神の危機に陥ると詩が生まれるという光太郎の法則は、この時にはさすがに適合しなかった。**智恵子の死による悲しみは、一切の表現衝動を奪ってしまうほど激しいものだった**のである。この時期の光太郎は、完全な鬱状態となって引き籠もり、智恵子の亡霊を見ながらほぼ無為徒食の生活を送っている。

　私は、ここでもしも戦争が激化していなかったら、あるいは光太郎は、このまま駄目になって、智恵子の亡霊とともに生きる屍となり、そのまま人生の終焉を迎えたかもしれない、と思ってみたりする。

ところが実際はそうはならなかった。智恵子が死んだ昭和十三年には国家総動員法が発動され、日本全体が戦争に向かって驀進してゆくからである。

昭和十四年に発表された智恵子を扱った詩は、それ以前のものとはいささか趣が異なってくる。それ以前のものは、人間としての智恵子が登場するのに、**十四年以降の詩では、智恵子の人格の抽象化・偶像化が見られる**からだ。例えば有名な次の詩である。

レモン哀歌

そんなにもあなたはレモンを待つてゐた
かなしく白くあかるい死の床で
わたしの手からとつた一つのレモンを
あなたのきれいな歯ががりりと噛んだ
トパアズいろの香気が立つ
その数滴の天のものなるレモンの汁は
ぱつとあなたの意識を正常にした
あなたの青く澄んだ眼がかすかに笑ふ
わたしの手を握るあなたの力の健康さよ
あなたの咽喉《のど》に嵐はあるが

かういふ命の瀬戸ぎはに
智恵子はもとの智恵子となり
生涯の愛を一瞬にかたむけた
それからひと時
昔山巓《さんてん》でしたやうな深呼吸を一つして
あなたの機関はそれなり止まつた
写真の前に挿した桜の花かげに
すずしく光るレモンを今日も置かう

（昭和十四年二月）

この詩は、臨終を描いているにしてはあまりに智恵子が美しく描かれている。智恵子への手向けとなったこの詩の数カ月後、光太郎は智恵子への挽歌を奏でるが、それが次の詩だ。

亡き人に

（前略）
私はあなたの子供となり
あなたは私のうら若い母となる

あなたはまだゐる其処《そこ》にゐる
あなたは万物となつて私に満ちる
私はあなたの愛に値しないと思ふけれど
あなたの愛は一切を無視して私をつつむ
（昭和十四年七月）

ここに描かれた智恵子は昇天して観音様になったようだ。ここで智恵子はついに母となり、無償の愛で光太郎を抱擁する。昭和十四年七月十日付け水野葉周宛て手紙では、「まだ智恵子が死に去つたというような気がしません」と書いている。そしてこの詩の後に作られた「愛について」（昭和十四年八月）では、母性愛の神聖さと献身愛が高らかに謳われる。

実は『智恵子抄』が出版される話はこの頃起こった。龍星閣の澤田伊四郎が、光太郎に話をもちかけたのだ。澤田は光太郎の書いた詩から智恵子に関するものだけを収拾し、その後光太郎が「こっぱ」を捨てて出版したのが『智恵子抄』であった。つまり最初は、光太郎に『智恵子抄』を作る意思はなかったのだ。

ちなみに昭和十四年九月には第二次世界大戦が勃発するが、**戦争は、光太郎にとっては自己の苦しみから逃れる一筋の光明だったかもしれない**。ある意味で戦争は、個人の悲しみを超越した世界である。いつまでも妻の死に拘って屍として生きる訳にはいかない光太郎を、智恵子は背後霊となって励ますことになる。

梅酒

死んだ智恵子が造つておいた瓶の梅酒は
十年の重みにどんより澱んで光を葆《つつ》み、
いま琥珀の杯に凝つて玉のやうだ。
ひとりで早春の夜ふけの寒いとき、
これをあがつてくださいと、
（後略）

（昭和十五年三月三十一日）

この詩を書いた二日前、光太郎は宮崎丈二宛ての手紙に「智恵子はまだ生きてゐます」と書いている。光太郎は智恵子を観音様に祀り上げ、智恵子を永遠化することで、前に進もうと考えた。そして次には民族に同化することで、己の絶対孤独を回避しようとした。その民族を統括するのは天皇である。天皇に対する献身愛こそが次の生きる術となる。この発想の転換は、一種の自己防衛反応かもしれないが、それなしには次のステップに踏み出す手段はなかった。**こうして戦争詩が書かれることになる**。

戦争詩、それは決して強制されて書いたものではない。光太郎が自ら望んで書いたものである。そもそも光太郎は芸術家である。どんな苦しくとも、生きている限りは表現しないでいられない。光太郎は、もともと天皇崇拝一家から生まれたのであり、戦争詩を書くことは、自らの原点に立ち返る行動でもあった。

光太郎の戦争詩は、日本軍が南京を陥落させた昭和十三年ごろから現れ始めるが、昭和十五年十月には、岸田国士の勧めで大政翼賛会の関連組織である中央協力会議の一人となる。その委員を引き受けた理由は、「民意を上通するため」（「協力会議」）であり、「芸術政策の中心」、「国宝、特別保護建造物の防空施設」などについて発言するためだった。しかしそれは単なるお題目に過ぎない。

ここで断っておくが、芸術活動を生業とする者で、**この時期、この組織に加盟しないで表現活動を継続する選択肢はなかった**ことに留意する必要がある。加盟しないだけで非国民扱いされたからである。従って、この組織への加盟は、望んで参加するとかしないとかのレベルの話ではなかった。表現を続けるか、沈黙するかという選択なのである。光太郎にとって、表現しないことは死ぬことであり、旺盛な生命力はまだ自分が生きる屍となることを許容しなかった。だからその道を突き進むしかなかった。

この年の十二月には『婦人公論』に智恵子の思い出を発表し、次のようなことを述べている。

「智恵子が死んでしまつた当座の空虚感はそれ故殆ど無の世界に等しかつた。作りたいものは山ほどあつても作る気になれなかつた。見てくれる熱愛の眼が此世にもう絶えて無い事を知つてゐるからである。さういふ幾箇月の苦闘の後、或る偶然の事から満月の夜に、智恵子はその個的存在を失ふ事によつて却て私にとつては普遍的存在となつたのである事を痛感し、それ以来智恵子の息吹を常に身近に感ずる事が出来、言はば彼女は私と偕《とも》にある者となり、私にとつては永遠なるものであるといふ実感の方が強くなつた」（「智恵子の半生」）

こうして十六年八月二十日には『智恵子抄』を刊行する。まさに『智恵子抄』は**智恵子を「永遠化」するために作られた詩集**といって良い。智恵子は言葉によって塑像化され、その瞬間時間が止められることになったのだ。逆に言えば、その時点で光太郎は智恵子の亡霊に苦しめられることはなくなったともいえる。浮遊する智恵子の霊とともに、民族のための新たな旅立ちに向かうと宣言したのだ。しかしこれもまた不思議なタイミングだ。まさに神の差配としか思えない。この詩集を上梓することで智恵子の弔いを終え、新たな道に船出することができたからである。

かくて光太郎はひたすら戦争詩に傾倒してゆく。詩の数でいえば、この時期に書いたものが一番多いかもしれない。光太郎はこれ以降、取り憑かれたように戦争詩を書いている。西洋文化礼賛から伝統文化礼賛に回り、権威あるものに背を向けてきた光太郎は、手のひらを返すように軍服を着た権威に身を委ね、今度は上から下に檄を飛ばしてゆく。滅私奉公で生きよと。その結果、光太郎の名声は全国的に広がり、光太郎は日本人が誰でも知る名士となっていく。

ここで我々が確認しなければならないことは、**高村光太郎が日本人の誰もに知られるようになったのは、実はこの時期である**ということだ。それ以前の光太郎は東京に住む一部の人が知る有名人に過ぎなかった。それが今や中央協力会議議員詩部門の長なのである。全国的な知名度のアップとともに、『智恵子抄』もベストセラーとなってゆく。この時光太郎は、初めて文を書いて生活することができるようになる。

ここで、この時期の光太郎の詩を二、三見てゆくが、まず日本が太平洋戦争に突入した昭和十六年十二月に書いた詩は次のようなものだ。

十二月八日

記憶せよ、十二月八日。
この日世界の歴史あらたまる。
アングロ・サクソンの主権、
この日東亜の陸と海とに否定さる。
否定するものは彼等のジヤパン、
眇たる東海の国にして
また神の国たる日本なり。
そを治《しろ》しめたまふ明津御神《あきつみかみ》なり
世界の富を壟断するもの、
強豪米英一族の力、
われらの国に於て否定さる。
われらの否定は義による。
東亜を東亜にかへせといふのみ。
(後略)

(昭和十六年十二月)

実はパリがナチスに占領された時、光太郎はフランスを応援するような詩を書いており、ここにも光太郎の分裂が見られるが、二年後にはアングロ・サクソンという確かな敵を見定める。イギリスとアメリカ、かつて自分が留学して世話になった国だ。

ところでこの詩の「東亜を東亜にかへせ」という言葉から、私は石原莞爾の東亜連盟運動との類似性を感じてしまうのだが、調べてみても光太郎と東亜連盟の直接的な関わりは認められなかった。しかし白樺派との関係から、光太郎がこの時期、東亜連盟のイデオロギーに惹かれていったことは十分考えられる。実際東亜連盟は農村で運動を展開したことから、白樺派に惹かれた農村青年の中で、戦中に東亜連盟に加盟した者がかなりいたからだ。

こうして光太郎は、日本中の青年に影響を与える詩人となってゆくが、翌年の昭和十七年には、次のような詩を書いている。

神これを欲したまふ

（前略）
かの十二月八日が来たのだ。
天佑を保有したまふ明津御神
神の裔なるわれらをよろこばせたまふ。
即刻、膨大な一撃二撃は起り
侵略者米英蘭を大東亜の天地から逐ふ。

（後略）　　　　　　　　　　　　　　　　　　　　　　　　（昭和十七年）

この時期の光太郎について論じた岡田年正は、『大東亜戦争と高村光太郎』（ハート出版）で「アングロ・サクソンの科学力に対抗するのに、日本の神話の観念を押し出して論じるというのは、かつて江戸から明治への尊王攘夷運動にも見られる特徴であった」と記し、光太郎と幕末の勤王志士を並べて論じている。総じて光太郎の戦争詩に見られる特徴は、白色人種と黄色人種の対立、白人支配からのアジアの解放、日本文化の崇拝といった観念に依拠している。

また吉本隆明は、『高村光太郎』（『全著作集8』勁草書房）で、この時期の光太郎を次のように評している。

「家霊のようなものに招かれて、一群の回想をかき、父光雲、祖父中島兼松などの天皇に対する江戸庶民的な尊崇をうけ入れた高村は、かつて青年期に欧米留学によって骨身まで染みとおった西欧にたいする弧絶意識を逆手にとり、西欧にたいするアジア後進国の解放、復讐という、うわべは天皇制権力・ファシストのかかげたスローガンと一致するイデオロギーを唯一のよりどころとして突入したのである」

こうした戦争詩と並んで、**この時代の光太郎の活動で刮目すべきは、「女性美」称揚の活動で**ある。例えば光太郎は、この時期次のような文章や詩を残している。

「この時女性はますます美しかれ、ますますやさしかれ、ますますうるおいあれ。ますます此世の母性たれ。戦う男子の支柱たれ。男子の心は剛直にして折れ易い。すさび易い。その時、女性美はこれを救う」(「新女苑」一九四二)

「(前略)兄を送り夫を送った日本女性に／不思議な変貌が徐々に来る。／女性の瞳に知恵が息づき、／女性の腕に力が潜み、／そうした女性の心の奥に、／相手を清めるまことの愛が天から降《くだ》った(後略)」(「変貌する女性」一九四二)

「(前略)母よ、天地に遍漫《へんまん》せよ。／女性に宿る母の不思議よ、至らぬ隈なく、／この戦の日の民草をあたたかに保育せよ」(「保育」一九四四)

「君国のために常時非常時の別なく当然事として行われる献身の道こそ飽くまでも日本婦道の精髄である」(「日本婦道の美」一九四五)

ここに見られるのは、女は皆母であり、母は夫を支える存在であり、良人は皇国日本の益荒男《ますらお》という考え方である。そして智恵子は、いつのまにか日本の母を具現する観音様に祀り上げられていく。

この件に関連するが、読売新聞が平成二十四年の十月から連載を始めた「家庭面の一世紀」という記事に次のようなことが載せられていた。

これによると、昭和十五年から十六年にかけて、読売新聞の家庭面で女性美に関する記事が盛んに掲載されたようだが、十五年二月二十四日には、「新しき美」という記事が載せられ、そこに女優の原節子と海軍大佐の次女、岩田和子という人が紹介された。岩田和子は頑強な骨格を持ち、交通機関は自転車と決まっていた女性で、「ガソリンが統制された今日、おめおめ自動車や電車に乗っていられるか」と賞賛された女性だった。

十六年一月には、高村光太郎が出席して「新女性美の創造」という座談会が開かれ、そこで彼は、ベルリンオリンピックの金メダリスト、前畑秀子を美しい女性として持ち上げる。そしてそこで賞賛された女性美のポイントは、いわゆる骨盤が豊かな多産型のフォルムだった。

これらの記事が国策に沿って書かれたことは間違いない。なぜならほぼ同じ頃、「新女性美創定研究会」が大政翼賛会本部で開かれているからだ。そこに医師、厚生省の官僚らが集まり、婦人科医師の木下正一から「新女性美十則」が発表された。これには、「大きな腰骨たのもしく、食べよ、たっぷり太れよ延びよ。働けいそいそ疲れを知らず」というスローガンが記されていた。彼らがここで目指したのは、それ以前に女性美のポイントとされていた柳腰(それは竹久夢二によって描かれた)の撲滅にあったようだ。

この事実は私にとって大いなる驚きであった。**『智恵子抄』と「柳腰の撲滅」がどのように結びつくのか。**

このことに関連してさらに脱線するが、二十世紀の戦争は総力戦といわれている。日本においても、満州事変以降、あらゆる産業が戦争に奉仕するよう計画され、戦争国債の購入や、統制経済に見られるように、一般国民に対しても戦争に奉仕するよう働きかけがなされた。やがてこの動きから、戦争が、「生きる価値そのもの」であるとする思想教育の運動が起こってくる。いわゆる皇国思想教育もその一つだが、その延長線上に女性美の標準を変えてゆこうとする運動が興ったということを忘れてはならない。

これについては、ナチス・ドイツにおいても、いわゆるアーリア人という人種理論が発案され、アーリア人の頭蓋骨が学者によって規定され、ギリシャ彫刻に見られる人体美が賞賛された。レニ・リーフェンシュタールによるベルリンオリンピック（昭和十一年）の記録映画は、そうした白人の人体美を強調したもので、広く世界に影響を与える。これはユダヤ人やスラブ人を虐殺する口実として利用されたのである。そして日本では、いわゆる「産めよ殖やせよ」の一環として「新女性美創定研究会」が組織された。

実際のところ、こうしたキャンペインはどの程度成果を上げたのか。それを調べる観点は二つある。第一はこのキャンペインの後に、実際に女性の体格が安産型にシフトしたかという点。第二は、このキャンペインの後に、実際に出生率が伸びたかどうかという点だ。

第一の点についていえば、インターネットの「社会実情データ図録」の中に、日本人の体格の変化というグラフ（文科省の学校保健統計調査）があり、その体重の変化について、ブログ作成者により次のようなコメントが記されている。

「戦後直後には、二十歳代の若い女性がもっとも体格がよく、六十歳代の高齢者層はもっともやせていた点を確認しておこう。中高年が若年層に優先的に栄養を分けていたとも考えられる」（www2.ttcn.ne.jp/honkawa/2180.html）

終戦直後に二十歳代の女性がもっとも体格が良かったというのは、まさに翼賛会のキャンペインを国民が忠実に実行したということである。戦中は若い女性は安産型を目指し、老人は彼女たちのために食を切り詰めたと推測されるのだ。

また、出生推移数のグラフをインターネットで捜したところ、興味深いグラフを見つけることができた（www.garbagenews.net）。これによると、キャンペインが始まる前の昭和十四年には年間出生数が二百万を割っていたのに、キャンペイン開始後に二百万を超え、終戦近くには二百五十万を超えているのだ。戦争経済で食べるものが不足しているのにもかかわらず、これだけの出生数の増加が見られたということは、やはりこのキャンペインが功を奏したと考えざるを得ない。

以上のことから、総力戦体制下では、女性が兵士を生み出す機械と見なされ、多産が奨励されたことがわかる。そして多産型の女性を作るため、美意識まで国家の統制下に置かれたのである。その美意識の創造に、高村光太郎が関与していたことが明らかとなったのだ。

とはいえ、本当に兵士を産み出すという理由によって、光太郎が多産型の女性を称揚したとは思えないし、思いたくない。一体光太郎は何を考えこうした活動に従事したのか。そう言えば、あの「乙女の像」も多産型の肉体をしていないか。この符合は何なのか……。

なお吉本隆明は、戦争末期の光太郎を、次のように論じた。

「昭和二十年三月二十六日、米軍は琉球慶良間列島に上陸した。次いで四月一日、沖縄本島に上陸した。すでに三月一日、米軍は硫黄島に上陸し、十七日には硫黄島の日本軍は全滅しており、日本の敗北は決定的になっていた。敗戦期の高村の詩は、戦争を完遂せよ敗北感に侵されるな、というアジテーションを大衆にむかって説くことに終始している。

（中略）

詩「琉球決戦」は、昭和二十年四月二日、『朝日新聞』に発表されたが、この詩は、敗戦期の高村が力をかたむけてかいたものであった。

琉球決戦

神聖オモロ草子の国琉球、
つひに大東亜最大の決戦場となる。
敵は獅子の一撃を期して総力を集め、
この珠玉の島うるはしの山原谷茶《さんばるたんちゃ》、
万座毛《まんざもう》の緑野、梯伍《でいご》の花の紅《くれない》に、
あらゆる暴力を傾け注がんとする。

（後略）

年少のわたしは、高村が敗戦と運命をともにするつもりだな、とかんがえた当時この詩にかなり感動したのを記憶している」（吉本隆明、前掲書）

とまれ、光太郎の詩を読んで鼓舞されて、戦場に赴いた若者が何万人いたかしれない。ただし、この戦争詩に関する光太郎の本気度に関しては疑念を提示する者もいる。

これについては、藤島宇内が、初めて光太郎に会った時（当時藤島は旧制中学生）のエピソードを述べている。それは昭和十七年に東京で開かれた「大東亜文学者大会」での出来事で、草野心平が高村に対し、「最近さかんに詩をお書きになってますね」と尋ねると、高村は、「あんなものは詩じゃないってことはよくわかっているんだけど、ぼくの年代ではぼくぐらいしかやれる者がいないもんだから……」と、なにやら苦しげな表情で答えたというのだ。その時藤島は、光太郎が精神的な二重生活を送っていると感じた。（『光太郎と智恵子』新潮社）

この話からも、何が本当で何が嘘かわからない光太郎の迷宮が改めて眼前に広がってくるが、もし光太郎が仮面をかぶって戦争詩を書いていたとしたら、もはやここで光太郎を論ずる意味はなくなってしまうだろう。確かに光太郎ほどの詩の達人であるならば、それも可能であろうが、私としてはそこまで彼が詐欺師であったとは思いたくない。

高見順は、光太郎の戦争詩について、「実は不思議でもなんでもない。明治の人だということである」（『高村光太郎』勁草書房）と一言で片付けている。

吉本隆明はこの問題を日本人全体の問題としてとらえ、数々の発言を残している。

「戦前派の詩人ならば、胸に手をあてればたれでもおもいあたるはずだが、現実のうごきのはげしい動乱期には、個人の自我というものが、けし粒ほどかるくおもわれてくる。（中略）高村が反抗をうしなって、日本の庶民的な意識へと屈服していったとき、おそらく日本における近代的自我のもっともすぐれた典型がくずれさったのであり、おなじ内部のメカニズムによって日本における人道主義も、共産主義も、崩壊の端緒にたったのである」

「これらの詩がしめしているのは、高村の社会化された自然理性が、（中略）いわば伝統の花鳥風月的な『自然』の賛美にまで退化した悲惨な事実である。すでに、急流のように流されてゆく庶民の大勢は、それが天体の運行のように必然とかんがえられたとき、ここまで徹底化するのはやむをえないものであった。大事のまえに小事にこだわるのはいさぎよくないという日本的理性は、高村を完全にとらえて現実社会との葛藤を脱落させたのである」（吉本、前掲書）

また湯原かの子は、高村個人の転向問題に関する従前の議論を整理して、次のようにまとめている（『高村光太郎』ミネルヴァ書房）。

1　智恵子の死による喪失感からの再起
2　子ども時代における天皇崇拝の家庭環境への回帰
3　光太郎の屈辱的異文化体験への反動
4　白樺派的体質（人道主義に立脚するが歴史社会認識は低い）
5　日本的体質及び時代背景（個の自立の脆弱さを含めて）エトセトラ。

ただ私などは、極めて単純に、光太郎が起死回生の逆転ゲームに打って出たのではなかろうかと思ってみたりもする。智恵子の死というあまりに無残な結果を前にして、夜叉となって踊り出たという感じだ。

＊映画化のポイント11

ここからは第三部である。第三部は第二部のラストから始まる。光太郎が戦争を意識する「或る日の記」から始め、智恵子の死による放心状態から転向により戦時体制に移行してゆく局面を描かねばならない。ただ光太郎の転向を映画化する場合、その理由を求め、はっきりとした一つの判断を持ち込むのは避けたほうがよい。転向問題はあくまでも謎のままとし、放心状態を経て、『智恵子抄』の出版があり、その後戦争協力の活動に入ってゆく過程をただ淡々と描くしかない。その際女性美礼賛に関する活動の描写は必須だ。後の「乙女の像」との絡みでそれを描く必要がある。

また藤島のエピソード、つまり光太郎の二重生活の可能性も触れる必要がある。詩人仲間に対しては、光太郎は戦中の活動にどこか忸怩たるものを感じていた。それもさりげなく描く必要がある。

またこの時期、智恵子が霊的な存在と化してゆく過程を映像で描く必要があるだろう。この後智恵子は霊的存在として光太郎の側に居座ることになる。霊魂としての智恵子を映像化するため、ＣＧを使用する必要があるだろう。

（2）本当に光太郎は岩手の山に蟄居していたのか

年少の吉本隆明の思惑と異なって、光太郎は敗戦とともに死の道は選ばなかった。実際の光太郎は、敗戦後、岩手の山中に蟄居する道を選ぶからである。ここにまた、まことしやかに囁かれている光太郎伝説が登場する。戦後光太郎が、戦中の活動を反省して山居生活を送ったというレジェンドだ。

例えば本多秋五は『物語戦後文学史』の中で、「既成の文学者が一人残らず傷ついている、（中略）ある者は道化めき、ある者は弁解めき、ある者は開き直り、ある者は顧みて他をいい、ある者は他人の疵を指差して声を荒げ」という伊藤整の言葉を引用しながら、「発表場所をまったく失ってしまった人々を問題外とすれば、岩手の山中に自己流謫して、『それが社会の約束ならば、よし極刑としても甘受しよう』」と書いた高村光太郎一人が例外であった」と記している。

この話からもたらされるのは、**「光太郎が自分を罰し、自らに流刑を科した」という峻厳なイメージ**である。その潔さから、「光太郎が古武士のような人」であったとする見方が湧き起こってくる。光太郎自身が、戦後になって、手紙、雑誌などで何度も懺悔の告白を行なっているので、そうした考えが流布したのも無理はない。次の言葉は、光太郎が山居生活を切り上げ、東京にいる時に語った言葉である。

「ぼくが山にはいったのには、必然的な理由があってのことだ。あれは隠遁とはちがう。一つには自分の云ったことに対する責任を負うために、どうしてもいったん山に入らなければならなかったのだ。また一つには人生そのもののくだらなさと自己流謫の気もちから山に入った」（奥平英雄『晩年の高村光太郎』二玄社）

これを読むと、光太郎はいかにも潔い人間に見えるが、果たしてこのとらえ方は正しいだろうか。

私に言わせれば、この話は相当眉唾な気がする。なぜなら**光太郎が岩手で贖罪の日々を送っていたという事実を確認することはできない**からである。そしてそのことを理解するために、まず光太郎が花巻に住むようになった経緯について確認する必要があるだろう。

日本の大都市にアメリカ軍が空襲を行なうようになったのは、昭和十九年の秋からであったが、東京は十一月二十四日以降百六回の空襲を受け、その結果、いわゆる疎開が始まってゆく。光太郎に疎開を勧めたのは、宮澤賢治の弟清六であった。なお光太郎と宮澤賢治の関係は大正十五年に遡る。賢治が上京の折に光太郎の家を訪れたのだ。その時の印象を光太郎は次のように語っている。

「夕方暗くなる頃突然訪ねて来られました。僕は何か手をはなせぬ仕事をしかけてゐたし、時刻が悪いものだから、明日の午後明るい中に来ていただくやうにお話したら、次にまた来るとそのまま帰つて行かれました」（「光太郎の談話筆記・宮澤さんの印象」『ポラーノの広場』所収）

要するに賢治が光太郎の家を訪問したが、そのまま家に上がらず帰ったというだけ話なのだが、ではなぜ二人に関係ができたのか。実は二人を結びつけたのは草野心平だったのである。心平はその前年、中国の嶺南大学留学中に知り合った詩人・黄瀛《こうえい》（光太郎の彫刻のモデル）に連れられて、光太郎アトリエを訪れていた。その心平が、一年前に刊行された賢治の詩集『春と修羅』を光太郎に紹介、光太郎はそれを読んで激賞し、さらに黄瀛から借りた童話集『注文の多い料理店』を広めるため、水野葉舟に又貸ししていた。それを聞きつけて、誰かが賢治に訪問するよう促したのだろう。

ともあれ、そうした縁で、光太郎は賢治の死の翌年（昭和九年）に刊行された宮澤賢治全集の編集委員と装幀を務めることになった。もちろんそこでも彼の詩を称揚した。光太郎が激賞しなければ、賢治が世に残れたかどうか疑問である。**光太郎の推奨で賢治は世間に広く認知されることになる**からだ。実際光太郎は、その後も三回にわたる『宮澤賢治全集』の発刊に関わり、花巻に建てられた「雨ニモマケズ」碑の揮毫をしたりした。

こうした光太郎に対し、花巻の豪商宮澤家は恩義を感じていた。これが、宮澤家が光太郎に対して花巻への疎開を勧めることになった理由である。この誘いに対して、光太郎の弟豊周も、何度も疎開するよう進言したらしい。それに対し、光太郎は「東京に天子様がいらっしゃる間は」と言って東京を離れることはしなかった。

ところが昭和二十年の四月十三日、ついに光太郎のアトリエが空襲により全焼し、家に置いてあった本、原稿（未発表詩集「石くれの歌」他）や彫刻作品（団十郎像他）が燃えてしまう。

ここで私が心打たれるのは、この時**光太郎は智恵子の紙絵だけは持ち出していた**という事実である。紙絵はその大半を歌人の宮田フキに託し、それが山形に住む詩人の真壁仁に預けられていた。しかし一部は光太郎が持っており、それを花巻に持ち込んでいる（また一部は草野心平が預かったが、こちらは失われた）。空襲の際に紙絵を持ち出したことに、光太郎の智恵子に対する愛を感ずる。「智恵子の紙絵によって、相聞としての『智恵子抄』が完結した」とは真壁仁の言葉だが、それに間違いはない。（「高村智恵子とその紙絵作品」『高村光太郎選集』付録6所収）

焼け出された光太郎は、とりあえず妹喜子の嫁ぎ先である藤岡幾の家に身を寄せるが、結局宮澤家の世話になることを決断する。

以上の流れから判断すると、**光太郎が岩手に向かった理由は自罰ではなく、緊急避難にすぎなかった**と判断できる。

幸い花巻では光太郎は東京の名士として迎えられた。その時点で光太郎は、第一回芸術院賞受賞者、「日本文学報国会」詩部会会長職の肩書を持っていたからだ。戦争はまだ終わっていなかった。光太郎は、いわば天子様の縁者として花巻にやってきたのである。そうした光太郎を花巻の人間が歓迎しないわけにはいかないだろう。

寄宿先の宮澤家は当時花巻でも有名な豪商であった。さらに光太郎の世話を焼いた人に、総合花巻病院の院長、佐藤隆房がいるが、彼は宮澤賢治詩碑建立の縁で光太郎と知己となり、昭和十九年に光太郎宅を訪れていた花巻の名士だった。

光太郎の花巻生活は五月十五日から始まるが、着いて二日後に肺炎にかかり、一カ月ほど療養生活を余儀なくされる。この時も宮澤家の者がつきっきりで看病し、佐藤隆房が往診してくれた。光太郎の花巻での生活は、何の苦もない状態で始まったのである。光太郎はその時、父の遺産や政府の仕事の収入で現金も持っていた。そのため病後の床払い後には一週間ほど湯治旅行などを楽しんでいる。風呂は三日に一度、牛乳も毎日飲める生活だった。

偉い先生が宮澤家に寄宿しているという噂は町中に広まり、市民との交流も始まる。光太郎の元にはたくさんの名産品が届けられ、光太郎は書による揮毫などでそれに応じた。光太郎の疎開生活は、貴種流離としての御大尽生活だったのである。

このまま何事もなく終戦を迎えれば、ほとぼりが冷めた頃に東京に戻っていたかもしれない。しかし話はそうならなかった。終戦五日前の八月十日に、花巻が空襲を受けたからである。花巻と北上の間には陸軍の飛行場があり、それが空爆目標となり、ついでに花巻駅周辺が爆撃されたのだ。その火の延焼により、宮澤家も燃えることになる。光太郎も焼け出されて今度は佐藤晶（旧制花巻中学校長）宅へ避難する。この時光太郎の持ち物は防空壕に運ばれたが、宮澤家は自分の持ち物よりも光太郎の持ち物を優先させて避難させた。その六日後、**終戦の日の翌日、光太郎は「一億の号泣」という詩を書く**。

一億の号泣

（前略）

われ岩手花巻町の鎮守
島谷崎神社々務所の畳に両手をつきて
天上はるかに流れ来る
玉音の低きとゞろきに五体をうたる
（中略）
鋼鉄の武器を失へる時
精神の武器おのずから強からんとす
真と美と到らざるなき我等未来の文化こそ
必ずこの号泣を母胎として其の形相を孕まん

吉本隆明は、この詩の最後の四行を見て、光太郎に興味を引かれたそうだ。なにしろついこの前まで、光太郎は熱烈な戦争詩を書いて若者を戦場に送っていたのである。戦場に赴こうと思っていた過激な若者は、玉音放送を聞いた後でも最後の抵抗を準備していた。まさに本土決戦での玉砕を覚悟していたのだ。

吉本もそうした青年の一人であった。その若者の戦争熱を煽り立てた張本人が、日本の敗戦の翌日に、「真と美と到らざるなき我等未来の文化こそ必ずこの号泣を母胎として其の形相を孕まん」と宣言したのである。しかもこの詩は、まるで新年を迎える詩のように朝日新聞と岩手日報に同時掲載された。この変わり身の早さは何なのか……。

また八月十九日には、宮崎仁十郎宛の葉書に次のように書いている。

「……そのうち、太田村という山寄りの村に丸太小屋を建てるつもり。追々そこに日本最高文化の部落を建設します。十年計画でやります。戦争終結の上は、日本は文化の方面で世界を圧倒すべきです。皆様によろしく」

同じく千葉県三里塚で半農生活を送っていた水野葉舟にも「小生は東北に来た因縁を無駄にせず、ここでその一環（至高の文化建設）をつくりあげたいと思っています」（九月十二日）と書き送っている。

このように、**戦争が終われば終わったで、すぐに日本最高の文化部落の建設という妄想**にとらわれるところがいかにも光太郎らしい。その時点では本気でそう思っているのだ。

光太郎はこの間、詩稿と智恵子の紙絵を八月末に佐藤院長に預け、その後しばらく佐藤院長宅に身を寄せている。その直後に花巻の名士を囲んだ講演会なども行なっているが、ここまでの光太郎は、まるで地方の名士を籠絡するタルフチュフのように、完璧な中央名士を演じていた。しかし間もなく世論の民主化が進展し、光太郎の耳元にも「戦争責任」という言葉が聞こえてくる。

どうやらその時点で、丸太小屋の件について真剣に佐藤に相談したようだ。最高の文化村の建設と謳っているが、ある意味では、これも光太郎特有の自己防衛行動と捉えることができる。**戦争責任を問われる前に山の中に退いた**ということだろう。実際文化村を建設することなど、光太郎の力でできる話ではない。この大言壮語は光太郎の一貫した特徴だ。

佐藤病院長は、光太郎の希望にそって、太田村の太田小学校山口分教場の佐藤勝治に相談する。その後佐藤勝治は、部落会長の駿河重次郎に声をかけ、部落の中心人物が話し合った結果、放置された鉱山の廃屋を駿河重次郎の所有地に移築することを決めた。この移築はすべて部落の人間で行なった。決して光太郎が自力で行なったことではない。

こうして昭和二十年十月十七日に、光太郎は稗貫郡太田村山口部落の山荘に移った。そしてここに移る直前、光太郎は智恵子の命日にささやかな法事を執り行なった。その時のことを記したのが次の詩だ。

松庵寺

奥州花巻といふひなびた町の
浄土宗の古刹松庵寺で
秋の村雨ふりしきるあなたの命日に
まことにささやかな法事をしました
花巻の町も戦火をうけて
すつかり焼けた松庵寺は
物置小屋に須弥壇《すみだん》をつくつた
二畳敷のお堂でした
(後略)

(昭和二十年十月)

こうして智恵子がまた詩に登場する。この後七年に及ぶ光太郎の山居生活が始まるが、光太郎が電気もない吹きすさぶ山居で、一人寂しく畑を耕して暮らしたと早合点してはならない。なぜなら村の人が総出で光太郎の生活の世話を焼いたからである。井戸が掘られ、毎日のように食糧や燃料が運ばれ、毎日のように郵便物が届けられた。そして三年後には村の人間の尽力で電気も通った。この電気は光太郎一人のために通したものである。

住み着いたばかりの時、さしあたって最大の問題は雪であったが、これも村の人が交代で除雪してくれ、雪上を歩くわらじも作ってくれた。だから雪の中で孤立することはなかった。村から光太郎の家まで除雪するとなると、一人でやれば一日がかりだろう。それを村の人間が交替でやってくれたのである。新文化村建設どころの話ではない。

もちろん寒さは相当なものであったが、家の中にいれば死ぬことはない。雪国で生活する者は誰でもそれに耐えて生きてきた。そして家の中に籠もっている間、光太郎は詩や文章、手紙を書き、書を嗜んで過ごしたのである。

冬があけてからは畑仕事を始めるが、それも人に手伝ってもらいながらの作業で、今でいう家庭菜園の域を出るものではなかった。光太郎は主に西洋野菜を植え、村の人に配って歩いた。村の人は、それを笑いながら貰ったようだ。その年、光太郎は国民学校の教師との対話で、軍国主義教育をしたことを悔やむ教師の発言に対して次のように応じた。

「去年卒業さしてやった生徒にまちがったことを教えてやったってそれは仕方なかったでしょ

う。戦争している以上、勝ちたいのがあたり前であり、負けることを教えることはできないのですから。僕の詩にしても、戦争中は萎靡する国民の心を奮い立たせるために書いたのですが、今になってみればそれはまちがいであっても、その時は本当にそうであると思っていました。」（『今日はうららかな』）

なんとも能天気な話である。昭和二十二年には『展望』に「暗愚小伝」を発表し、**世間に対して懺悔の告白**を行なうが、これに並行し、智恵子にも次のように語りかける。

報告（智恵子に）

日本はすつかり変りました。
あなたの身ぶるひする程いやがつてゐた
あの傍若無人のがさつな階級が
とにかく存在しないことになりました。
（中略）
あなたこそまことの自由を求めました。
求められない鉄の囲《かこひ》の中にゐて、
あなたがあんなに求めたものは、
結局あなたを此世の意識の外に逐《お》ひ、

あなたの頭をこはしました。
あなたの苦しみを今こそ思ふ。
日本の形は変りましたが、
あの苦しみを持たないわれわれの変革を
あなたに報告するのはつらいことです。

（昭和二十二年六月）

ここで再び智恵子は「さばきのつかさ」として光太郎の前に現れる。なおこの山居時代の特徴は、いつも智恵子が側にいて、光太郎が智恵子と対話していることである。そして自分の思いを智恵子の言葉として述べるようになる。智恵子はこの世にいないのだから、智恵子がその語りを否定することはない。そして智恵子は夢の中にも現れる。

噴霧的な夢

あのしやれた登山電車で智恵子と二人、
ヴエズヴイオの噴火口をのぞきにいつた。
夢といふものは香料のやうに微粒的で
智恵子は二十代の噴霧で濃厚に私を包んだ。
（後略）

（昭和二十三年九月）

ここに描かれた智恵子は永遠の若さを備えた智恵子だ。もっとも美しかった時代の智恵子が、光太郎の夢の中で甦る。このように智恵子は変幻自在だ。

実のところを言えば、山居から最初の三年間は、智恵子に関する詩を一年に一作しか書いていない。山の生活に慣れることで精いっぱいだったのだろう。三好達治は二十三年に山居を訪れ、粗末なあばら家に住む光太郎を見て悲壮感に打たれた（『光太郎先生訪問記』筑摩書房）。

しかし三年が経過したあたりから、光太郎は俄かに忙しくなってゆく。畑仕事以外にも、山口部落の人や子ども会との交流、役場、小学校、神社の行事への参加、花巻の佐藤宅や宮沢宅や盛岡への訪問（盛岡では美術学校で初めて講義をしている）など、毎日のようになすべきことが発生していく。この時期、各地の講演で光太郎が好んで取り上げたのは宮澤賢治だ。まるで歌手がご当地ソングを歌うように賢治を持ち上げている。

この時の光太郎は以前のような強面の人嫌いでない。誰からも慕われる好々爺であった。小学校でサンタクロースとなっておやつを配ったり、学校図書館に本を寄贈したり、幻灯機を寄贈したりしている。数年前まで「鬼畜米英」の詩を作っていた光太郎が、なんの矛盾も感ぜず、サンタを演ずるところがいかにも光太郎らしい。

そして何よりも、多くの人が光太郎宅を訪ねてきた。親族の他、草野心平などの文人、そしてファンだ。彼らは手土産を持って光太郎の元を訪れ、訪問客に対し、光太郎は歓待で応じている。なお光太郎の山居七年間については、佐藤隆房の『高村光太郎　山居七年』（花巻高村光太郎記念会、二〇一五年再刊）という本の中に詳しく書かれている。この本を読むと、光太郎が寸分の暇なくこの時代を生きたことが知れる。
二十五年には詩集『典型』を発表、その中で**自らを愚劣の典型と断罪**する。そして詩文集『智恵子抄その後』を刊行するが、その詩集を発刊するため書いたのが次の一連の詩だ。

もしも智恵子が

もしも智恵子が私といつしよに
岩手の山の源始の息吹に包まれて
いま六月の草木の中のここに居たら、
（中略）
杉の枯葉に火をつけて
囲炉裏の鍋でうまい茶粥を煮るでせう。
畑の絹さやゑん豆をもぎつてきて
サファイヤ色の朝の食事に興じるでせう。
もしも智恵子がここに居たら、
奥州南部の山の中の一軒家が
たちまち真空管の機構となつて
無数の強いエレクトロンを飛ばすでせう。

（昭和二十四年三月）

元素智恵子

智恵子はすでに元素にかへつた。
わたくしは心霊独存の理を信じない。
智恵子はしかも実存する。
智恵子はわたくしの肉に居る。
（後略）

（昭和二十四年十月）

メトロポオル

（前略）
智恵子は死んでよみがへり、
わたくしの肉に宿つてここに生き、
かくの如き山川草木にまみれてよろこぶ。
（中略）
わたくしの心は賑ひ、
山林孤棲《こせい》と人のいふ
小さな山小屋の囲炉裏に居て
ここを地上のメトロポオルとひとり思ふ。

（昭和二十四年十月）

これらの詩に描かれた智恵子は現実の智恵子ではない。いわば紅葉が舞い落ちる林の中で見たミューズとしての智恵子である。ここで智恵子は相変わらず審判者であると同時に元素となって光太郎の回りを浮遊する。まさに「千の風になって」の世界だ。

もろもろの証言によれば、この頃の光太郎は、実際智恵子の幻覚が見えていたようである。空に向かって話しかけることがたびたびあったようだ。例えばこんな具合に。

案内

三畳あれば寝られますね。
これが水屋。
これが井戸。
山の水は山の空気のやうに美味。
あの畑が三畝《せ》、
いまはキヤベツの全盛です。
（中略）
智恵さん気に入りましたか、好きですか。
うしろの山つづきが毒が森。
そこにはカモシカも来るし熊も出ます。

智恵さん斯《か》うふところ好きでせう。

（昭和二十四年十月）

智恵子と遊ぶ

智恵子の所在はα次元。
α次元こそ絶対現実。

岩手の山に智恵子と遊ぶ
夢幻《ゆめまぼろし》の生の真実。

（昭和二十六年十一月）

（後略）

結局光太郎は、最後まで妄想の中で生きたと言える。智恵子は、死んでからも光太郎の妄想の中で永遠の伴侶を演じ続けたのである。**「妄想こそ、芸術の源である」という格言は、『智恵子抄』の中に生きている**。

二十六年には『典型』が読売文学賞を受賞し、『高村光太郎選集』全六巻の刊行も始まる。なお読売文学賞の賞金十万円であるが、部落全体に五万円、青年会に三万円、小学校に二万円寄付した。それは村人に対する光太郎の感謝の気持ちであった。

もっとも村人に対して光太郎がただ感謝していたかというとそうでもない。これについては藤島宇大が、「農村に住むことの苦しさ、農家の人の悪口を嫌というほど聞かされたことがある。

（中略）いざそういう非難悪口を言う時は、高村さんはずいぶん不満をもらした」（『高村さんの一断面』）と書いている。

実際この頃になると、単なるファンの訪問に対して面会を断るようになる（『高村光太郎山居七年』佐藤隆房）。雑誌の原稿や講演の依頼などさまざまな仕事が舞い込み、自分の時間を割けなくなっていったからだろう。仕事の遣り取りでおびただしい数の手紙を書くが、次に記すのは山を引き上げる直前の日記に見る彼の生活の実態だ。

昭和二十七年四月二十三日　青森県知事と副知事にテカミ書く、ポスト
　四月二十四日　テカミ書、谷口氏佐藤氏に書く
　四月二十五日　佐藤、谷口博士にてがミ（「光太郎日記」）

こうした忙しさの中で、この年の七月十九日には佐藤隆房医師に次のような手紙を書き送っている。

「七年間見て来たところでは、花巻の人達の文化意欲の低調さは驚くのみで、それは結局公共心欠如によるものと考へられます。宮沢賢治の現象はその事に対する自然の反動のように思われます。賢治をいぢめたのは花巻です」（佐藤、前掲書）

ちょうど七年前、花巻の世話になり、文化村の建設を夢見た光太郎はここにはない。光太郎の

心はこの時既に東京にあった。

以上、総括するならば、山荘における光太郎の生活は、反省し沈黙していたというイメージとはかけ離れていることがわかる。それは都会に住む人間が築き上げた伝説にすぎない。もしかすれば、彼の生涯で、もっともこまめに生きていた時期だったかもしれない。そして彼の言葉を借りれば、**ここにいたって彼は、初めて「娑婆の人間」となった**のである。

光太郎が、戦中に書いた戦争詩を恥じて、山の中に籠もったとすれば、彼は何もしないでじっとしていなければならなかったろう。ところが事実はそうではなく、ここで彼は、生涯もっとも深く社会と関わって生きていた。

確かにこの間、光太郎の結核は進行し、光太郎の体力は衰弱していった。それが、山村の不便な生活の影響と捉える人もいたかもしれない。特に、東京から山居を訪れた文人仲間にはそう見えたであろう。その話が伝わって、光太郎は同情を買い、その戦争責任も不問に付されてゆく。なぜなら彼は自らを罰したと見なされたからだ。

しかし何度も繰り返すが、実態はそのようなものではなく、結核の進行と山居生活はまったく別次元の問題だった。岩手に来る前から光太郎は結核を患っており、逆に言えば、太田村に来たおかげで結核の進行が抑えられたかも知れないのだ。それを証拠に、山居を離れて東京住まいを始めると、急激に彼の病気が進行していく。

かくて**光太郎は、新文化村を建設することもなく、村人と約束した木彫りも彫らず、東京へ立**

ち返ることになる。最後の大仕事である「乙女の像」を完成させるために。

そして一度東京に出向いてからは、美術映画の撮影で一度訪れたきり、山居に立ち戻ることはなかった。新文化村建設という光太郎の夢は、ここでも果たされず終わりを迎えることになるのだ。

＊映画化のポイント12

第三部は、さらに三部構成にする必要がある。戦中の活動、山居生活、次章の「乙女の像」の制作である。できればこの三つは途中ではっきり切ったほうがよい。そして山居生活の始まりは、それに先立つ草野心平の訪問から始めるべきだろう。そこから宮澤賢治と光太郎の関係を描き、いきなり空襲のシーンに至る構成にしたい。空襲からは本文に示した通りの流れで、事実を淡々と描くことが望まれる。

その際、東京で作られた「光太郎伝説」にも触れたい。しかしながら光太郎を殉教者のように描くことだけは避けなければならない。

花巻では名士として振る舞い、そのように遇された。光太郎の蟄居生活は自罰であったかどうかは、見た者の判断に委ねるのがもっともよいだろう。さらに光太郎の文化村建設の妄想と、村民の意識のギャップも描かねばならない。それを描いてこそ蟄居生活の真実が伝わるからである。

そして元素となった智恵子との交流だ。智恵子は「千の風」になって光太郎の前に現れ、光太郎と対話する。智恵子は岩手でますます身近な存在となってゆくのである。ここでは中原綾子が山居を訪問するエピソードも盛り込みたいところだ。それはきっとドラマに形容しがたい哀愁を添えるだろう。

第4章 「乙女の像」の謎

乙女の像(青森県十和田市休屋)

（1）「乙女の像」建設の経緯

さて長編映画もいよいよクライマックスとなる。**第三部の最後は「乙女の像」の制作で終わりたい。**

もともと筆者が光太郎について知ろうと思ったきっかけも、この「乙女の像」にあった。小さい頃から幾度となく見てきた「**乙女の像」の肉体が、なぜあれほどごつごつしているのか**、という素朴な疑問に囚われ、長年そのことを思い続けてきたのだ。智恵子がモデルなら、けだしあのような肉体にはならないだろう。それが私の素直な感想だった。

実際**あの像のモデルは誰なのか**という問題については、今もって決着がついているわけではない。例えば『智恵子抄』研究家の上杉省和は、その著『智恵子抄の光と影』（大修館書店）の中で「十和田湖畔の裸婦像は、一般に信じられているように、智恵子をイメージしたものでないことは明らかです」と述べている。

まずあの像の制作には智恵子ではないモデルが雇われていたことを知る必要がある。もっとも彼女はただ女の肉体を造形するために雇ったモデルにすぎず、光太郎の頭の中には智恵子がイメージされていたというのが専らの意見である。しかし光太郎自身は、あの像を智恵子と公言したことは一度もない。これに関連して、「乙女の像」の制作委員の一人ともなった藤島宇内が、次のようなエピソードを紹介している。

ある時藤島が像の顔を見て、「これは――レスリー・キャロンですね」と言うと、光太郎はびっくりして、「え！　そうですかな？」と首を傾げたというのだ。それからしばらくして、光太郎は語った。

「あなたがレスリー・キャロンだというので、そんなことが、と思って、あとでよく見ると、たしかにレスリー・キャロンに似てますな。頭の中にあったのが出てしまったらしい。不思議なものですなあ」

実はそのちょっと前に、藤島と光太郎は一緒にレスリー・キャロンが主演する『巴里のアメリカ人』という映画を観に行っていた。レスリー・キャロンはパリ出身の舞踊家でジーン・ケリーに見出された当時のミュージカルスターだ。

だいいちこの話からして意外な感じがしないだろうか。光太郎が「乙女の像」を制作している合間にハリウッドのミュージカルを観に行っていたという話そのものが。それまで七年も岩手の山中に籠もって野菜を作っていたというのに。

この話を額面通りに受け取ると、光太郎は無意識にレスリー・キャロンを「乙女の像」のモデルとしていたことになる。しかし現在、そんなふうに考える人は誰もいない。『智恵子抄』を読んだすべての人が、あの像は智恵子と思うに違いないからだ。ところが、あの百姓女のようにごつごつした肉体は、決して智恵子のものでも、モデルのものでもなかった。では、どうしてあのような裸婦を作ったのか。

実は上杉省和は、「乙女の像」のモデルを花巻の百姓女と見ている。その根拠は光太郎が佐藤昌との対談で次のように述べているからだ。

「南部の女は立派ですね。あの胸の張った腰のしっかりした姿は実に素晴らしいです。（中略）あんなの彫塑にしてみたいですね」（上杉省和、前掲書）

ではそもそも、**十和田湖畔に「乙女の像」が建立されることになった経緯**とはどのようなものであったのか。映画第三部ラストのエピソードはそこから始めるのがよいだろう。それについては社団法人十和田湖国立公園協会のホームページに次のように書かれている（以下要約）。

〈十和田湖を世に知らしめた功労者として、明治の文人である大町桂月、十和田知事の異名をとった武田千代三郎、地元の法奥沢村長で県議でもあった小笠原耕一の三人がいた。この三人の顕彰をねらいとした記念事業が、昭和初期から計画され、昭和二十一年には「自然石を使った記念碑建立」の方向で動いていた。

昭和二十五年春、青森県初の民選知事として就任していた津島文治（太宰治の兄）は「世界的な景勝地に、ありきたりの石碑では似つかわしくない」と従来の計画を白紙に戻し、新構想のための建設準備委員会を発足させた。県職員四人による委員会の中心になったのが横山武夫（当時県教委教育次長でのち副知事、歌人）で、彼はかねてから強い印象を抱いていた関東大震災復興記念像「悲しみの群像」のような芸術作品を据えることを提案し、「制作は高村光太郎」を念頭に置きながら内外の意見を求めたところ、谷口吉郎（建築家）、土方定一（美術評論家）、菊地一雄（彫刻家）、草野心平（詩人）、藤島宇内（詩人）という贅沢な顔ぶれによる建設委員会が生まれた（昭和二十七年）。

県からの正式依頼は昭和二十七年四月で、光太郎は「自然美には、人工を受け入れるものと受け入れないものの二つがある。現地を見て決めましょう」と答え、六月に春夫や谷口たちとともに十和田湖入りした。そして、「十和田湖の美しさに深く感動した。湖上を遊覧しているうちにいくつも制作イメージが湧いた」「私はギリシャはやらない。アブストラクトもやらない。明治の人だから明治の人としてものをつくりたい」と言って快諾した〉

一方藤島宇内は、前掲書で次のようなエピソードを紹介している。

それによると、藤島がこの一件に関わるきっかけとなったのは、昭和二十六年三月十三日の原民喜の自殺だったようだ。この後日本ペンクラブで原の詩碑を広島に建てることが決まり、その推進役を彼が引き受けたのである。その詩碑の設計者が谷口芳郎であった。その除幕式（二十七年十一月）の帰りの列車で、佐藤春夫、谷口と同席した際、谷口から次のように言われた。

「じつは、頭の痛い問題がありましてね。青森県から十和田湖畔に、十和田開発功労者顕彰記念のために、観音様でも建ててくれないかと頼まれましてね。しかし観音様というのはどうも気乗りがしないもんですから、困ってるんですよ」

そこで藤島は、次のように返答した。

「それだったら、岩手の山の中にいる高村さんに彫刻をつくってもらって、それを建てたらどうでしょう。」

こうして高村光太郎への説得を申し出た藤島に対し、光太郎と古くからの付き合いがあった佐藤が賛成の意を表した……。

この二つの証言の整合性に頭を捻りながら半年ほど経過した頃、「十和田湖・奥入瀬観光ボランティアの会」という組織が、『十和田湖乙女の像ものがたり』という本を十和田市の援助で発行したという記事を『東奥日報』で目にした。そこでさっそくそれを入手することにしたが、この本は書店で販売されておらず、十和田湖の総合案内所でなければ手に入らないことがわかった。現場に行ってみると、それはA4版で387ページにも及ぶ大部な本であった。そして中を見て驚いた。「乙女の像」建立に関する現在入手できるあらゆる資料が載せられていたからである。

以下の記述は、その本に収集された資料を元に、私が集めた他の情報を盛り込んで書いたものである。

話は江戸以前まで遡る。もともと十和田湖は修験者に知られた霊場であったようで、江戸初期に鉱山が開かれ、ようやく開発の手が及ぶ。その十和田湖が世間に知られるようになるのは、明治四十一年に十和田湖に訪れた大町桂月の紀行文によってだ。大町は雑誌『太陽』の主筆であった鳥谷部春汀（青森県五戸町出身）の誘いで十和田を訪れ、十和田湖を広く世間に紹介した。その後も何度か訪れ、最後は奥入瀬渓流の近くの蔦温泉で客死した。そして十和田湖を国立公園にするよう請願書を書いたのである。この大町桂月を接待しながら十和田の国立公園指定に尽力したのが法奥沢村（現十和田市）の小笠原耕一なのである。これに連動し、明治四十一年に十和田湖周辺に道路をつけたり電話を開設したりしたのが、当時の青森県知事、武田千代三郎であった。しかし実際に十和田湖が国立公園に指定されるよう奔走したのは、法奥沢村在住の小笠原松次郎という人であった。これらの人の努力により、昭和十一年に十和田湖は国立公園に指定された。そこから二十五年まではホームページに書いている通りだが、ここからが問題となる。

第一回準備委員会は二十六年一月に開かれるが、その会議の後で、津島文治知事は記念碑の制作を誰に委嘱するか、青森県五所川原市の大地主、佐々木嘉太郎の意見をうかがいたいと発言する。そして実際にうかがったところ、佐々木翁が高村光太郎を推薦したというのだ。つまり最初に光太郎の名前を出したのは、津軽の豪商、佐々木嘉太郎なのである。ただし佐々木に光太郎を進言したのが横山武夫であった可能性も否定できない。役所仕事では、トップが決断したことも部下の発案であることが多々あるからだ。横山は青森県でも有名な歌人であり、戦中は教え子を戦争に送り出した苦い記憶を持っていた。したがって横山と光太郎との接点を見出すことは可能だ。

また知事の津島文治という人は、若い頃は小説を書いていたという話も伝わっており、津島と横山は文学を通じて繋がる間柄だった。その二人が一緒になって光太郎に白羽の矢を立てたとしても不思議ではない。

その後、横山は多方面に意見を求める。幣原内閣で文部大臣を務めた安倍能成、画家の梅原龍三郎などである。この二人は光太郎と知己の間柄である。こうして三月の第三回準備委員会では既に高村光太郎に委嘱する方針が定まっていた。その後横山は、建築家の前川國男にも意見を求める（実は佐々木嘉太郎の妻の姉が前川國男の母で、この縁で、前川は弘前市にある多くの建築物の設計を担当した）。そして前川は、長野の藤村記念堂を設計していた谷口吉郎を横山に紹介するのである。この結果、谷口が設計を担当することに決まる。横山と谷口はこの後一緒に十和田湖を視察している。

そしてこの後に佐藤春夫が登場する。佐藤春夫は、その時たまたま青森県の三本木高校の校歌を作詞し来青することになっていた。三本木高校校長の佐藤勇介は、そのことを当時教育次長だった横山武夫に報告する。横山武夫にすれば、それは渡りに船だったと言えよう。早速津島知事に伝えるが、津島知事のほうは、弟の太宰治が芥川賞の選考委員だった佐藤に賞を無心した一件もあって、熱烈な歓迎をもって佐藤を迎えた。この後佐藤は、夫人とともに十和田湖観光を楽しんでいる（二十六年七月）。

後は、光太郎とどのようにコンタクトを取るかが問題であったが、その機会は四カ月後に訪れる。藤島宇内が書いている一件がそれだ。もし藤島が書いていることに嘘がないとすれば、藤島は佐藤と谷口のしかけに落ちたということになるだろう。


ところで、先にも触れたように、藤島を光太郎に紹介したのは草野心平だった。これは昭和十七年の「大東亜文学者大会」でのことである。当時藤島は旧制中学の生徒で、藤島の母が草野心平の知り合いだったようだ。草野は当時、『歴程』という詩の同人誌を発行しており、それに光太郎も寄稿していた。また南京の汪兆銘政府の宣伝顧問をしていた。なお宮澤賢治はすでに死んでいたが『歴程』の物故同人として扱われ、草野や光太郎は、神保町の十字屋書店という零細な出版社から宮澤賢治全集を出す仕事に手を貸している最中だった。これは既述した通りである。

その後藤島が光太郎に出会うのは、戦後のことである。藤島が花巻の山居をたびたび訪問したのだ。その時のことを藤島は次のように回想している。

「（前略）吹雪の晩は粉雪が吹き込んでふとんの上につもる。寒い日は零下二十度にもなるという。薪や炭は十分あるので、火を絶やさなければなんとか寒さはしのげるな、と私は思ったが、一晩中燃やしていなければ耐えられまい。便所は外にあった。世間では高村さんは農業をやっていると思われていたが、小屋の前の猫の額ほどの畑でも、私はまともに作物が育っているのを見たことがなかった。なによりも心配なのは高村さんの健康が年々悪化していることだった。（中略）

高村さんはしばしば私に『こさえてみたい彫刻』のプランを話していた。テーマは三つあって、マッカーサー、山口淑子、智恵子だった。占領軍司令官マッカーサーは顔が彫刻向きだし、高村さんの好きなミケランジェロがローマ法王の依頼によってつくったその像は似ていないと非難されたが、すぐれた彫刻の永遠性によって実物を克服したことがヒントになっていた。山口淑子さんの場合は顔が彫刻向きであるほかに、日本と中国の戦争のはざまを生きぬいてきたその半生の苦難に高村さんは心を惹かれていた。智恵子さんについてはいまさらいうまでもないが、私は高村さんが『智恵子の顔は手に残つてるんですよ』と両手で象《かたど》るしぐさをするのにおどろかされた。しかし高村さんが生涯の最後につくりたい彫刻をつくる条件は、一体どうすればできるのだろうか、見当がつかなかった」（『光太郎と智恵子』新潮社）

我々はここで、作りたい彫刻にマッカーサーが入っていることに驚きを禁じ得ないのだが、それがまたいかにも光太郎らしいところである。

ところで光太郎は、山口の部落で暮らしていた二十三年に「人体飢餓」という詩を武者小路実篤が中心となった文芸誌『心』に発表していたが、それは次のような詩だった。

人体飢餓

彫刻家山に飢ゑる。
くらふもの山に余りあれど、
山に人体の饗宴なく
山に女体の美味が無い。
精神の蚤白飢餓。
造形の餓鬼。
また雪だ。

渇望は胸を衝く。
氷を噛んで闇夜の空に訴える。
雪女出ろ。
この彫刻家をとつて食へ。
とつて食ふ時この雪原で舞をまへ。
その時彫刻家は雪でつくる。
汝のしなやかな胴体を。

その弾力のある二つの隆起と、
その陰影のある陥没と、
その背面の平滑地帯と膨満部とを。
（後略）

（昭和二十三年七月）

以上のことから、山居以来一体の彫刻も作っていない光太郎に、もう一度彫刻を作らせてみたいという思いは、光太郎を取り巻く人々の間に渦巻いていた。よって、青森県の話は千載一遇のチャンスであることは誰も目にも明らかであった。

この結果、二十七年の一月、谷口が青森県に光太郎に彫刻を作らせるプランを提出する。なおこのプランでは建設費が七百万円に膨れ上がっている。当初は三十万円の予算から出発した話だからものすごい予算膨張だ。これに対し、青森県は三百万円を予算計上し、後は寄付を募ることを決定する（最終的は八百万円近くかかるが、これは物価指数の変動で見ると、現在の五千万円以上の経費である。今であれば、この時点で話は立ち消えとなるはずだ。この予算を通した津島知事と横山武夫の執念を感ぜずにはおられない）。

かくて二十七年の三月、谷口と藤島が佐藤の手紙をもって光太郎を訪問し、像の制作を依頼するが、手紙の中で佐藤は、「あの森厳崇高な自然に対して置かれるべき芸術品は貴下の御制作より外無いと存じます」と書いて光太郎の心を動かした。その後横山武夫と横山武雄商政課長が正式依頼のために光太郎を訪問、昭和二十七年の四月十二日に、十和田湖を見てから返答するという光太郎の手紙が藤島に届けられたのである。

そして谷口、佐藤、藤島、草野の四人に、美術評論家の土方定一（元『歴程』同人）、土方の紹介による菊池一雄（彫刻家、広島の原爆の子の像、東京三宅坂の平和の記念像を制作）が加わって在京建設委員会が組織され、六月に十和田湖視察が敢行される。この時は、委員にとっては飲めや歌えの楽しい旅行になったようだ。結局光太郎が正式な受諾を伝えたのは二十七年六月二十日のことで、設置場所は子ノ口周辺ということも決まった。

当初の予定では、蔦温泉にアトリエを建て、そこで制作するという話だったが、これは光太郎が決定を覆す。東京で制作することを決断するのだ。この決断については光太郎自身が国安芳雄との対談でその理由を語っている（「心境を語る」『高村光太郎全集第十一巻』所収、筑摩書房）。

一つは、アトリエ建設に時間がかかること、二つ目は彫刻の材料の調達が簡単ではないこと、三つ目は寒さ、氷結が粘土に影響があることである。要するに、光太郎の思いとは裏腹に、**「北の地」は彫刻の制作には向かなかった**ということであろう。

こうして昭和二十七年十月十一日に光太郎は上京する。基本的に山居はそのままにしての上京だった。村人はその四日前に光太郎のために壮行会を開くが、その席上、光太郎は「一年経てばまた会うのだから地元の皆さんも達者でいてください」と発言している。ただ村人の一部は、その時点で帰らないと感じたようである。

ところで光太郎が上京した日、上野には関係者が出迎え、この一件はまるで英雄が戦地から凱旋でもしたように、新聞報道される。十一月十二日の東京新聞の見出しは次のようなものだ。

「軍服、ゴム長の翁上京　高村光太郎氏　先ず生ビール所望」

グアム島の横井さんの帰国とまではいかないが、光太郎の上京は一つの事件だったようだ。ちなみにこの後、洒落た服と靴を手にするが、マスコミの取材などの時はやはり国民服で応ずることが多かった。ブリヂストン美術館が制作した光太郎の美術映画の中でも、光太郎は国民服を着たまま、「乙女の像」に粘土をつけている。俯き加減にカメラを意識しながら、ややはにかんだその顔は、光太郎のその時の立場を窺わせて興味深い。しかし実際には、弟の豊周が光太郎の服をすべて新調し、コニャックを届けていた。

してみれば、光太郎の東京帰りというのは、ある重要な意味が込められたイヴェントであったと考えることができる。まずこれを支援したこのメンバーのほとんどが、戦中の中央協力会議に出入りしていた人たちであったということだ。このうち佐藤は、光太郎が「新詩社」時代に付き合いがあった作家だが、その後は文学の方向性が違って没交渉で過ごした人だった。光太郎の死後、佐藤は光太郎や智恵子の小説を書いて二人を顕彰することになるが、彼は光太郎の本質は倫理にはなく、耽美派であったと評している。

私は、佐藤春夫が戦後光太郎に深く関与することになった理由の一つに、やはり戦争責任の問題が微妙に絡んでいるような気がしてならない。日本においては、文学者の戦争責任はほとんど不問にされ、戦後文学が出発していたからである。佐藤も戦中、中央協力会議の小説部門の長を務めていたが、それによって彼が戦後の活動で制約を受けることはなかった。佐藤にしてみれば、戦後、太宰が入水自殺をし、光太郎が山の中に引き籠もっているのに、自分が中央文壇で自由に活動するのはいささか気恥ずかしい思いがあったろう。ここはなんとしても、光太郎を東京へ呼び戻したいという無意識の思いが働いたのではなかろうか。つまり光太郎を東京に帰還させることで、その問題にピリオドを打ちたいと考えたに違いない。そしてそれは見事に成功した。光太郎が七年に及ぶ山居生活を終え、晴れて東京に帰ってきたからだ。

こうして菊池一雄の紹介で中野にある中西利雄（画家）のアトリエで制作に取り組むことになるのだが、それは以前、イサム野口と山口淑子夫妻が借りていたアトリエであった。ここで山口淑子の名前が登場することに妙な因縁を感ずるが、東京に出向いたばかりの光太郎は、さすがに山の生活との落差から浦島太郎のような心境に陥ったようだ。次の詩はそうした光太郎の心境を表した一作である。

報告

あなたのきらひな東京へ
山からこんどきてみると
生れ故郷の東京が
文化のがらくたに埋もれて
足のふみ場もないやうです。
（中略）
あなたのきらひな東京が
わたくしもきらひになりました。

仕事が出来たらすぐ山へ帰りませう、
あの清潔なモラルの天地で
も一度新鮮無比なあなたに会ひませう。

（昭和二十七年十一月）

とりあえず問題は光太郎の体力で、骨格づくりと粘土をこねて肉づけする作業には助手を必要としたことだった。そのために菊池が若手の彫刻家である小坂圭二を捜してくる。なお光太郎は、自分が像を完成させずに死んだ場合、菊池が跡を継ぐよう指名している。

なお光太郎は、ここで水中に彫刻を置くことを提案するが、それは反対にあって実現せずに終わる。そのかわり、同じ像が向かい合って円錐形に立つアイデアを思いつく。これについては二十八年の「裸婦像完成記念挨拶」の中で次のように述べている。

「どうも一人では淋しくて具合が悪いし、ひよっと、湖の上を渡っているときの感じが、自分で自分の姿を見ているような、あるいは自分を見ているというような感じをあのとき受けたのが頭に出て来て、それで同じものを向かい合わせて、お互いに見合っているような形にしたらと思って、それでこういうようなものを考えつきました」

またこの「裸像」を制作している最中、昭和二十八年四月号『婦人公論』にのせた談話「美と真実の生活」の中で、光太郎は「裸婦像」について次のように語っている。

「その像を見ているとと自分を見ているような、自分が自分を見ているような感じに襲われるもの。つまり高い橋の上から深淵をのぞいていると吸い込まれるような、湖水を見ていると下りたくなるような、そういう感じを人間に型どってみたいと思って、現に創っている」

他にもさまざまな機会に、光太郎は像が向かい合っていることの意味について語っているが、ここではその議論については深入りしないでおく。

一方**モデルとなったのは当時十八歳の藤井照子である**。助手の小坂圭二が探し出してきた東京のモデルクラブに所属する女性で、この藤井照子についても、光太郎は文章を残している。

「少しも虚栄をよろこぶ軽薄なところがなく、職業上は無口で、責任感がつよく、勉強家で、聡明で、若いに似ず、処世上の裁断力も強かつたやうである。昭和二七年、制作当時は十八歳であつたやうであるが、女性として人生最上の肉体美の期間を私の彫刻に捧げてくれたやうなものである。昭和二七年の十一月から翌二八年の六月まで通つてきてくれた。F嬢は日本女性としては身長も高く、釣合のとれた四肢胴体を持つて居り、胸の厚みが殊にすばらしく、ヒップの円みが愛らしく、腹部にあり勝なくびれもなく、胸から腰にかけての色白な皮膚が光りかがやくやうな健康に張り満ちてゐた。毎朝来てF嬢がモデル台上に初めて立つのを見ると、毎朝ながらその美に圧倒された」(「モデルいろいろ」『高村光太郎全集』第十巻、筑摩書房)

ところで、像が完成してからしばらくの間、「乙女の像」制作のほとんどは、助手の小坂圭二

(青森県野辺地町出身)が請け負ったのではないかという噂が流れたことがあった。これについては、今回私自身が新たな証言を入手することができた。

小坂圭二の妹さんが青森県に住んでおり、彼女が私の知人に語ったところによると、小坂は野辺地の実家に裸像を持ち込んで作業していたことがあるそうだ(ただしそれは試作品かもしれない)。実際小坂が、「乙女の像」の制作において、単に骨組を組み立てただけでなく、かなりの仕事を請け負ったことは間違いないと思われる。粘土作り、石膏取り、粘土の下着け、縄巻きなどである。当時彼は三十歳代で油が乗り切っている時で、これに対し、光太郎は彫刻の制作から十年以上離れていただけでなく、当時は齢も七十を超え体もボロボロであった。光太郎は「乙女の像」の制作を依頼された時、無の状態から裸像を作り上げる気力も体力もなかった。従って、助手の小坂圭二がかなりの仕事を請け負ったことは間違いない。光太郎自身が「裸婦像完成記念挨拶」の中でそのことを述べているが、小坂自身は、光太郎の甥である高村規に対し、粘土づけだけはやらしてもらえなかったと証言している。

ここで小坂圭二に話を振るが、彼は大正七年に青森県の野辺地町に生まれ、旧制野辺地中学校卒業後、学徒出陣し、戦地中国で彫刻に目覚めた人だった。昭和十八年の二度目の召集で、死を目前にしたジャングルの体験からキリスト教に傾斜する。帰国後彫刻家となり、その後菊地の目に止まり、「乙女の像」の制作に関わった。昭和三十一年には洗礼を受け、クリスチャンとなる。その後は新制作協会会員となり、フランスに留学後、宗教的な彫刻を制作する。昭和四十九年に作った「断絶の中の調和」はバチカン現代美術館に収蔵されている。

彼の作品を青森県で見ることができる。一つは三沢市にある未来像「蒼い空・碧い海」で、これは市民広場に設置されている。左手は海を鎮め、右手は空をかざして永遠の平和を祈るブロンズの裸婦像だ。ここで注意しておくが、この裸婦像は透明なスレンダー美女で、「乙女の像」とはまったく異質な裸像である。

今一つは、十和田市にある新渡戸稲造像だが、これは昭和三十三年に制作された。そして実際の像をみて思うのは、この像も、痩せているということだ。タッチはロダン風で、彼がロダンの影響を受けていたことが知れる。

ところで、小坂圭二が洗礼を受けたのは昭和三十一年だったが、その四年前にやはり洗礼を受けて戦後日本の彫刻界をリードした人物がいる。それは大正元年に岩手県の一戸に生まれた舟越保武である。彼も高村光太郎の「ロダンの言葉」を読んで彫刻家を志し、昭和三十七年に高村光太郎賞を受賞し、昭和四十七年には十和田湖の南に位置する田沢湖に「たつこ像」を建てた。そしてこれこそまさに「乙女の像」というに相応しい、流線型の清澄な美女の像なのである。そして小坂圭二の作風は、光太郎ではなく、どちらかといえば舟越保武に近い。

したがって、小坂が「乙女の像」を作れば、あのような肉厚の乙女にはならなかったと断言できる。藤井照子の肉体バランスに粘土を盛り上げたのは光太郎に間違いない。

ところで、ここで**「乙女の像」の制作にクレームがついた事件**のことにも触れておかねばならないだろう。

実は「乙女の像」制作の最中、光太郎はマスコミの取材を次から次へと受けており、一時的に時の人となっていた。この動きには光太郎も戸惑ったに違いない。山から里に下りると、知らぬ間にもっとも有名な芸術家に昇格していたのだから。

クレームはその反動の動きと捉えることもできるが、この中で注目に値するのは、青森県七戸町出身の日本画家、鳥谷幡山が書き残した文章である。ここでは次のようなことが主張されている。

・厚生省の許可を取らず、勝手に国立公園内に作った。
・県出身の彫刻家に委嘱せず、知事の情実で作者を選択した。
・十和田湖憲章の三人とはなんの関係もない女の裸像を制作した。
・莫大な血税を投じ、宴会などにも金を使った。

鳥谷の文章自体は後から書かれたものであるが、同じような抗議が当時新聞などに書かれたようだ。その結果、厚生省からもクレームがつき、モニュメントの設置場所が変更になる。変更になった理由を厚生省関係者次のように挙げた。

・国立公園内では道路以外に人工的なものを加えるべきでない。
・裸像を国立公園内に建てた例は外国にもない。
・功労者顕彰の目的から逸脱している。

この結果、像の建立場所は子ノ口から旅館などが建つ休屋に変更されるのだが、これには佐藤春夫が激怒した。しかし光太郎はそのことを特に問題視しなかった。役所と喧嘩して、話が立ち消えになることを恐れたのである。光太郎は、どうしても「乙女の像」をこの世に残したかったのだ。

＊映画化のポイント13

第三部最後の「乙女の像」編は、津島文治と横山武夫の遣り取りから始めるのがよいだろう。その際、横山が光太郎の詩である「人体飢餓」を津島に見せるというのも一つの手法かもしれない。後は本文に記した事実をドキュメンタリー風に並べるだけで、尺が埋まる。

佐藤、藤島、谷口の遣り取りから始め、反対意見を封じながら横山が光太郎に像制作を依頼する経緯を描き、光太郎の上京、像の制作と続けばよい。なお藤井照子は胸は大きいが決して豊満な女性ではない。腹部にくびれのない女優を起用する必要があるだろう。また、小坂圭二も重要な役割と言える。彼は制作の過程をつぶさに見ている証言者であるからだ。

（2）乙女の像の謎

ところで、ここで我々は、ようやく**乙女の像は本当に智恵子なのか**という問題に直面することになる。実は最初に述べたように、この像が智恵子像であると、光太郎は一言も言っていないからだ。そして制作中、像の頭部はいつも白布で覆われ、隠されていた。

なお記念像の除幕式は昭和二十八年の十月二十一日で、紅葉を静かに濡らす雨が落ちていたが、光太郎は横山に「きよめの雨だね」と言い、式には佐藤春夫をはじめ、モデルの藤井や谷口などすべての関係者が参加した。奥入瀬渓流・銚子の滝近くにある春夫の「奥入瀬渓谷の賦」の詩碑も、同じ日の除幕だった。

除幕後の十月二十三日、青森市の野脇中学校で開催された文芸講演会で、草野心平が自作詩「高村光太郎」の中で、「あの十八のモデルのからだを媒介にしておれは智恵子の精神をつくる」と朗読した後、光太郎は演壇に立って次のように述べた。

「先ほど朗読された草野君の詩『高村光太郎』について、ちょっといっておきたい。十和田の記念像の裸婦は智恵子を偲んで、こさえたように草野君の詩にあるが、必ずしもそうではない」

（『東奥日報』講演会筆録）

また完成後に「あれは智恵子夫人の顔ですか」と尋ねた横山武夫に対しても、光太郎は「智恵子だという人があってもいいし、そうでないという人があってもいい。見る人が決めればいい」と答えている。

光太郎がこれほど強く言うのだから、もしかするとあの像は智恵子ではないのかもしれないという説も成り立ってくる。しかしこれについては、昭和二十五年、まだ「乙女の像」の話が出る前に、評論家の神崎清との対談で、光太郎は次のように述べていた。

「智恵子の顔とからだを持った観音像を一ぺんこしらえてみたいと思っています。仏教的信仰がないからおがむものではないが、美と道徳の寓話としてあつかうつもりです。ほとんどはだかの原詩的観音像になるでしょう。できあがったら、あれの療養していた片貝の町(千葉県)におきたいとかんがえています」(「自然と芸術」『地上』第四巻第九号所収、家の光協会)

そして決定的な証言は谷口吉郎による次の回想だ。

「なお、東京のアトリエのことなどを相談しているうちに、『智恵子を作ろう』と、ひとりごとのように高村さんはいわれた。それはこんどの彫刻に対する作者自身の作意を洩らされたものであったが、高村さんはその言葉のあとで、そんな個人的な作意を十和田湖のモニュマンに含ませることは、計画者の青森県にすまないような気がすると、そんな意味の言葉を申し添えられたのである。

(略)

高村さんがモニュメントのために作ろうとしている彫刻は裸婦となり、それが智恵子像となることは説明を要しないであろう。

（略）

しかし作者自身にとっては、個人的な感情から、そのような作品を作ることを、他人にはばかりたいのだろう。そんな気持ちがその表情から私に察しられた。そのために、私はその日、高村さんの上京の決意を青森県の人に告げる時にも、またその後も『智恵子像』のことだけは発表をひかえていた」（「十和田記念像由来」『文藝』臨時増刊号、河出書房）

また除幕式の後で、光太郎は工事を担当した建築技師の小山義孝に「実は小山さん、私は右手をこういうふうにやると、智恵子の顔が造れるんですよ」と声をかけている。（小山義孝氏インタビュー『十和田湖乙女の像ものがたり』）

以上のことから、**光太郎が智恵子の像を作ったことはほぼ間違いない**と思われるが、それを公に口にせず、像の意味について後付けの解釈をいろいろ並べた理由は、四方からこの事業に対する批判が出ていたことが主な理由だったと考えることができる。

制作の最中、光太郎が像の顔を白布で覆ったのは、顔が智恵子であることを悟られぬためそうしたのである。実際「乙女の像」の顔は智恵子に似ている。完成した作品には抽象化が見られるが、中型試作品では、顔が智恵子そっくりとされている。

完成した作品も、智恵子の結婚当初の写真（大正十五年のアトリエで写した写真）を見てみると、像の目、鼻、唇、そして輪郭が似ている。しかし智恵子が病に陥った頃に撮った写真（撮影場所　二本松市内）では、智恵子はやつれており、胸も薄くなっている。その写真に写っている智恵子の肉体は、「乙女の像」の肉体とはかけ離れている。実際に智恵子を治療した斎藤徳次郎は、智恵子の印象を「痩身、小柄で色白で肌のとても美しい人」「木彫りにされた女神のような端正さ」（『高村智恵子さんの思い出』）と語っている。

つまり光太郎は、病に犯された智恵子ではなく、健康で豊満な智恵子をイメージして「乙女の像」を制作した可能性があるのだ。

そのために選ばれた健康な肉体を持つ女性が藤井照子だった。先の観光協会のホームページには、藤井照子の写真が掲載されており、それを見ると次のようなことがわかる。一つは顔、背丈、体型が智恵子に似ているという点、二番目はさほど痩せてはいないという点だ。

それにしても、「乙女の像」を見てすべての人が感ずる疑問は、あの像がとても十八歳の娘の体と思えぬフォルムとなっていることだ。胸が妊婦のように張り、腹部は垂れ、腰、尻の肉が中年のように盛り上がっている。これはどう見ても娘の体ではない。前にも触れたとおり、光太郎が山口部落で眺めた百姓女の肉体といってもよいかもしれない。それはひたすら粘土を盛り上げて作った形となっているのだ。盛り上がった部分が、筋肉の部分であるところはさすがに彫刻家と感心するが、それにしても、これは藤井照子の肉体とは似ても似つかぬものである。これには助手の小坂だけでなく、モデルを務めた藤井照子も「自分の体ではない」と感じたに相違ない。

光太郎が、最初から肉厚の裸婦を作ろうと意図していたことは、光太郎の甥である高村規の証言からも明らかとなっている。高村規が中野のアトリエに遊びに行って「何をテーマに作るんだ」と聞いたところ、光太郎は「グラマー」と答えたというのだ。（高村規インタビュー『十和田湖乙女の像ものがたり』）。

そして肉体に対して顔に現実感がないのは、顔の部分は記憶で造形したことに加え、無表情なその顔は、あるいは晩年の智恵子の表情だったのかもしれない。また目が深くえぐられているのは、像の抽象化という意識が働いたためかもしれない。湧き起っていた批判を躱すためにそうしたのだろうか。そのへんのところはなんとも言えない。

なお除幕翌年に、光太郎はこの像について次のような詩を残している。

十和田湖畔の裸像に与ふ

（前略）
銅とスズとの合金で出来た
女の裸像が二人
影と形のやうに立つてゐる。
いさぎよい非情の金属が青くさびて
地上に割れてくづれるまで
この原始林の圧力に堪へて
立つなら幾千年でも黙つて立つてろ。

（昭和二十九年一月）

この突き放した表現は、智恵子に対し、「これでやることはやった」と言い放っているような感じがする。ついに**智恵子は「雨にうたるるカテドラル」同様、幾千年生き続ける存在と化した**のである。光太郎もさぞかし満足だったに相違ない。

ところで、智恵子像は完成したが、話はこれで終わらなかった。実は完成直後、**この像に対する批判が噴出した**のである。新聞の読者欄などにそうした意見がたくさん載ったということだ。その論点は、概ね、裸婦像が十和田の自然にそぐわないというものが大半だったようだ。それに加え、税金の無駄遣いという意見が続いたが、像そのものに対する酷評もあった。その中の一つが次のものである。

「（前略）私は先生の大作裸婦を見て、彫刻というもののこわさを知った。いや彫刻生活というもの、恐ろしさを知った。私は先生のこの裸婦についてこれ以上語ることは出来ない」（本郷新「高村光太郎の彫刻」『文芸』臨時増刊号所収、一九五六年）

本郷は光太郎を敬愛する彫刻家であるが、光太郎が死んだ後にも、死者に鞭打つように次のような文章を残している。

「僕は回りの人たちがあれを高村さんに作らせようとしているときに、残酷なことはするなと言ったのです。三〇年も女の裸を作らないでいては、かりにどんなに彫刻に対する立派な見識を持っていたとしても、できっこない」（本郷新「日本の近代彫刻にもちこんだ造形の原理」『美術手帳』

（第一九九号所収、美術出版社、一九六二年）

つまり**彫刻家から見れば、これは失敗作**に間違いないのだろう。この失敗作という言葉は、光太郎自身が北川太一にも漏らしている言葉でもある。ただ、貶す者がいれば持ち上げる者もいるわけで、光太郎の盟友、高田博厚は、一九六〇年の東京新聞で次のように書いている。

「湖畔の樹木の中に立っている緑青の二人の若い女は、自然の中にそれを見る者の心を反撥させることなく、調和していた。日本では、これだけ外の自然の中に出しておける彫刻は他に一つもない。ヨーロッパにだって滅多にない」

いずれにせよ、像の完成直後に渦巻いた世間の冷たい評価は、光太郎に宿り始めた彫刻を作る最後の気力を削いでいったのではなかろうか。光太郎はこの後、倉田雲平像の制作にかかるが、結局病に倒れて完成せずに終わる。

なお晩年の光太郎について証言している奥平英雄によれば、「乙女の像」制作後の光太郎は病気の進行が早まったうえ、詩人仲間ともあまり付き合わなくなり、本当に孤独に過ごしたようだ。ある時光太郎は、奥平に対して次のように言った。

「きみはぼくがこうして独りでいるのが淋しいとでも思ってやってくるのかね。もしそうならきてくれなくてもいいんだよ。ぼくは独りでいても、ちっとも淋しいことなんかないのだ」

それを聞いて返す言葉を失っている奥平に対し、光太郎はさらにこう言い添えたのである。

「ぼくには智恵子がやってくる。ぼくは智恵子とふたりでいつも話し合っている。だからぼくは淋しいなんてことはないのだ」（奥平英雄『晩年の高村光太郎』二玄社）

閑話休題、いよいよこの本も終わりを迎えることになるが、結局「乙女の像」の失敗というのは何であるかといえば、それは**あの像が、決して「乙女」には見えない**というそのことに尽きるだろう。それは像を見た者すべてが感じる思いである。もちろん「乙女の像」という呼称は後からつけられたものであり、最初から光太郎は「乙女の裸像」を作る気はなかった。

ここまできて、私は、再びあの大政翼賛会が唱導した「新女性美十則」を思い起こしてしまうのだ。「大きな腰骨たのもしく、食べよ、たっぷり太れよ延びよ。働けいそいそ疲れを知らず」というあの一節。

結局「乙女の像」の肉体は、智恵子の健康なる肉体を造形したのではなかったか。

目を瞑ると、私には、血を吐きながら、これでもか、これでもかと胸や腰に粘土を盛り上げてゆく光太郎の鬼気迫る形相が浮かんでくる。要するにその肉体は、健康な肉体を失った智恵子に対する、光太郎の慟哭と哀惜が造形したフォルムであったと推測されるのだ。

＊映画化のポイント14

映画の最後は謎解きのミステリー仕立てとなる。像は智恵子なのかそうでないのか。周囲に戸惑いを感じさせながら、肉厚の智恵子を造形してゆく光太郎を、役者は迫真の演技で表現しなければならない。そしてここでも霊魂となった智恵子がＣＧで画面に登場する必要がある。エンディングの見所は霊となった智恵子と光太郎の相聞となる。

というわけで、最後は昭和二十五年に刊行された『智恵子抄その後』の中で、光太郎が発表した次の詩で終わりにしたい。

裸形

智恵子の裸形をわたくしは恋ふ。
つつましくて満ちてゐて
星宿のやうに森厳で
山脈のやうに波うつて
いつでもうすいミストがかかり、
その造形の瑪瑙《めのう》質に
奥の知れないつやがあつた。

智恵子の裸形の背中のちいさな黒子《ほくろ》まで
わたしは意味ふかくおぼえてゐて、
今も記憶の歳月にみがかれた
その全存在が明滅する。
わたしの手でもう一度、
あの造形を生むことは
自然の定めた約束であり、
そのためにわたしに肉類が与へられ、
そのためにわたしに畑の野菜が与へられ、
米と小麦と牛酪《バター》とがゆるされる。
智恵子の裸形をこの世にのこして
わたくしはやがて天然の素中《そちゅう》に帰らう。

(昭和二十四年)

この詩に書かれた通り、まことに予言は成就されて終わるわけだが、これにより、私自身が抱いた疑念も、幾ばくか氷解して終わることになるのだ。

あとがき

　女性の裸像を男とは違うフォルムとして認識したのはいつ頃のことだったろうか。思い返せば、それは「ミロのビーナス」を見た時だったように思う。小学低学年の時、親戚の結婚式で東京に行った際に西洋美術館で見たのだが、初めて美術館というものに入り、腰をややひねった巨大な裸像を見上げた時、私はそれが男と違う肉体であることをはっきりと認識した。しかしその時は、目の前に立っている裸像が女性であることは認識できたものの、特に胸がときめくということはなかった。まだ幼かったこともあるが、白い大理石の肌に血が流れているような気がしなかったからだ。腕がなく、八頭身、その上顔の表情もなかった。やはり「ミロのビーナス」は、この世に存在する女ではなく、天空で暮らす女神でしかなかった。ちなみに、智恵子が残した二枚のデッサンのうち一枚が「ミロのビーナス」である。

　ところが「乙女の像」は違う。あの妙に筋肉質の肉体は、幼い頃に銭湯の中で見た女の裸そのものだった。私がそれまで普通に見てきたどこにでもある肉体。ところが肉体が妙にリアルなのに、顔のほうはそうでもない。目が深く抉られており、やはり表情を感じさせない。しかも同じ顔の女が向き合って立っている。それは双子なのか。その双子が手を合わせている理由は何なのか。肉体はリアルであるけれども、これもまた「ミロのビーナス」同様、私にとっては魔可不可思議な女体であった。

おそらく、その像を初めて見たのは「ミロのビーナス」を見たちょっと後のことだったと思う。家族全員で十和田湖に行った時の話だ。その五十年以上前の家族旅行が今でも走馬燈のように甦ってくる。行きの行程は思い出せないが、最後は青森駅に戻り、そこから夜行列車で家に帰ってきた。とにかくそれは、気が遠くなる長い日帰り旅行だった。

この時の旅行で今も脳裏に浮かんでくる光景が三つある。一つは「乙女の像」、二つ目はガイドが手を差し伸べた方向にあった滝、そして三つ目が、夕方、雲谷から見えた青森の夜景である。あの夜景を見た時には本当にほっとした。一日中、観光バスで山の中を走っていたからだ。

それにしても、子どもの記憶力というものは侮れない。私はこの時、小学校低学年にして早くも大町桂月と高村光太郎の名を記憶した。なぜならバスガイドが、繰り返しその名を連呼したからだ。

そう、それ以来、何度「乙女の像」の前に立ったか知れない。三十回以上は見上げている気がする。しかし、実のところを言えば、この像を見て、美しいと思ったことは一度もない。「神秘の湖の前に立つ乙女の像」という響きは透明なイメージを呼び覚ますが、どう見てもあの像は乙女には見えない。子どもを何人も産んだ女の肉体に見える。このギャップはどこからくるのか。最初にあの像を見た時の違和感が、以来ずっと私につきまとって離れないできた。そして最近になって、その疑念に何かしらの回答を得たいと強く願うようになり、五十代も半ばになってから私の資料渉猟の旅が始まったのである。それは「光太郎と智恵子」という出口のない迷宮の旅だった。

調べても適切な解答が得られない時、光太郎が私の前に姿を現し、「この迷宮を抜けられますか」と笑っているような気がしてきた。結局、ミステリーはいつまで経ってもミステリーである。真相は智恵子と光太郎にしかわからない。しかし二人について考えることは、光太郎が死んで六十年が経過した今でも意味のあることだと思える。

きっと智恵子は狂っていなかった、と思いたい。狂うことを演じて二度目の自死を選択し、紙絵を制作して再生しようとしたと思いたい。五カ月も光太郎に会えず、三度目に本死に至ったのである。しかしながら智恵子は死して甦り、霊となって光太郎を動かし、『智恵子抄』をこの世に出させ、「乙女の像」を作らせた。そして永遠の存在に昇華したのである。

最後にもう一言、今回、光太郎の智恵子に対する看病の日々を辿ることで、心の病を持つ家人を抱える人々の苦しみが痛いほど伝わってきた。これと関連して、ここで『智恵子抄』の現在的な読み換えを提案してみたい。

たしかに『智恵子抄』は、高村光太郎と智恵子の唯一無二の夫婦愛の世界であり、本文でも述べたように芸術家夫妻だからこその事情も多々こめられている。しかし、この私小説的な詩の世界の後半は、もうすこし広く、重い病気を患った人間とその家族のシーンとして読めるではないか、と思うようになった。とりわけ重い認知症になり、家族のことすらわからなくなってしまった患者をめぐる物語と読み換えると、この作品は違った様相を呈してくる。

家族が統合失調症に冒され、やがてコミュニケーションがとれなくなってしまう、ということはそれほど多いとはいえないだろう。だが、認知症患者が七〇〇万人に達するのではないかといわれる時代である。そうした患者の中には、智恵子のような症状を示す人もいるだろう。高村光太郎に起こった事態は、だれにでも起こりうる時代になりつつある。

「智恵子は見えないものを見、／聞こえないものを聞く。（略）智恵子はくるしみの重さを今はすてて、限りない荒漠の美意識圏にさまよひ出た。」（「値《あた》ひがたき智恵子」）

「わたくしは黙つて妻の姿に見入る／意識の境から最後に振り返つて／わたくしに縋《すが》る／この妻をとりもどすすべが今は世に無い」（「山麓の二人」）

こういうシーンは、重い認知症患者をもつ家族にとって珍しいものではないと思われる。そうした事態に、光太郎は何を思い、どのように行動したのか。それは、これまでみてきたとおりだが、この作品を重度の認知症家族のシミュレーションと読むこともできるのではないか。

このように『智恵子抄』は、いまなお新しい読解の可能性を開示する作品なのである。

後はこの二人の壮大な人間ドラマをぜひとも誰かに映画化してもらいたいと願うだけである。

[著者紹介]

福井次郎（ふくい・じろう）

1955年青森県生まれ。早稲田大学第一文学部卒。現在青森県在住。著書に『映画産業とユダヤ資金』（早稲田出版）小説『暗門の祈り』（津軽書房）『『カサブランカ』はなぜ名画なのか』（彩流社）『マリリン・モンローはなぜ神話となったのか』『「戦争映画」が教えてくれる現代史の読み方』『1950年代生まれの逆襲』『青森の逆襲』（言視舎）などがある。

装丁………佐々木正見
DTP制作………勝澤節子

映画「高村光太郎」を提案します

映像化のための謎解き評伝

発行日❖2016年4月30日　初版第1刷

著者
福井次郎

発行者
杉山尚次

発行所
株式会社言視舎
東京都千代田区富士見2-2-2 〒102-0071
電話03-3234-5997　FAX 03-3234-5957
http://www.s-pn.jp/

印刷・製本
モリモト印刷㈱

ISBN978-4-86565-049-5 C0095